不想讨好全世界

这书里，
你喜欢却做不到的姿态，
都有。

DON'T
TRY TO PLEASE
THE WHOLE
WORLD

抽风手戴老湿◎著

江苏凤凰文艺出版社
JIANGSU PHOENIX LITERATURE AND
ART PUBLISHING, LTD

图书在版编目（CIP）数据

不想讨好全世界 / 抽风手戴老湿著. -- 南京 ： 江苏凤凰文艺出版社, 2015

ISBN 978-7-5399-7830-7

Ⅰ. ①不… Ⅱ. ①抽… Ⅲ. ①散文集—中国—当代 Ⅳ. ①I267

中国版本图书馆CIP数据核字(2014)第257973号

书　　名	不想讨好全世界
作　　者	抽风手戴老湿
出版统筹	黄小初　周亚林
出 品 人	崔　佳
设　　计	尚书堂·叫兽
责任编辑	姚　丽
特约策划	韩　薇
责任监制	刘　巍　江伟明
出版发行	凤凰出版传媒股份有限公司 江苏凤凰文艺出版社
出版社地址	南京市中央路165号，邮编：210009
出版社网址	http://www.jswenyi.com
经　　销	凤凰出版传媒股份有限公司
印　　刷	北京建泰印刷有限公司
开　　本	880×1230毫米 1/32
字　　数	180千字
印　　张	7.5
版　　次	2015年4月第1版　2015年4月第1次印刷
标准书号	ISBN 978-7-5399-7830-7
定　　价	32.80元

序言

今年，我终于开始安安生生地过日子。

上下班，挤公交和地铁，在招商引资的酒局里喝得断片儿。网上嬉笑怒骂写段子的时间少了，笔墨里冷嘲热讽的东西也少了，装孙子和二愣子的技能倒是熟练了起来。

渐渐，渐渐……

直到从自己的书桌前翻出一大摞稿纸，细细读来，才发现自己从前竟然写了那么多东西。

稿纸的颜色各异，有高中时练习册的底页，有大学里标注抬头的文件，还有不知道哪里找来的广告废页，边边角角竟然也填着诗歌与短小的故事。

惊讶自己的生活竟然也如此鲜活过。

凌晨时分，在北京的午夜街头拔足狂奔。

穿越大半个京城，去听一个缉毒老警察的落魄故事。

徘徊在北大南门的蜗居之地，想要奋力做个人上人，最后却依然被打回原形。

祖辈白发苍苍，叹儿女之情太短。

俗人奇事，喝一声英雄之气悠长。

还有自己年少轻狂时，他们奋不顾身时，追求的姑娘，爱慕的心上人。

苦来我吞酒来碗干的狂徒之夜，大雪闭户夜读禁书的酣畅淋漓，在这片地方吃吃喝喝的岁月，剪头理发按摩洗澡，鲜活的，带着骨肉和血液的，突突跳动着心脏的，我的生活。

我有个坏毛病，并不习惯直接在电脑的文档里打字，反倒是要一笔一划写在稿纸上才行，所以现在反倒要费劲辛苦，重新把它们倒腾到电脑里。

从里面挑拣出这些故事，它们都写于曾经的年月里。 等我再找到它们时，有些甚至已经渐渐从我记忆中消失了。

每打完一篇故事，都会再和故事里的主人公聊聊。

有时候聊着聊着，对着电话，竟然哭了起来。

相互问为什么。

其实心里都明白，想起了走过的街，想起了车站里互相握着的手，想起了她手心的汗，想起了他的不甘，想起了树上刻着的名字，想起了碰撞的酒杯……

我在关着灯的卧室里，他们在电话的另一头。

通过电波，讲述着这些故事，真实的，发生在他们身上的故事。

从血液慢慢移向心脏。

它们现在都由文字组成，安安静静地隐藏在这本书中。

都是从未出版过的，我所钟爱的。

这是年代与岁月里特有的产物，我一直有个计划，把自己手头的这批存货全部发表完以后，就不再写类似的题材了，或许能汇编成两三本书吧，这本便是其中之一。

更重要的是，我再也写不出了。

永远年轻的脸，不忧愁的少年，就把这样的自己停在书中吧。

手稿在出版之日，都付之一炬。

《不想讨好全世界》。

愿它能成为晚上回家时，那一盏小小的路灯，照见前路，也光亮归途。

只希望，你们能够喜欢。

这就够了。

目录 catalogue

Chapter3

有一些人在自己的世界里，很少被人关注。有时他们飞蛾扑火，周边的人会觉得傻，很可笑，但他们就是坚持这傻，无须聪明人评说。

Chapter one

生活里没有主角

胡子刘

Huziliu

这个世界上再也没有独行万里为曾经一诺的男人。雄鹰只能飞翔在赵忠祥主持的《动物世界》里，振翅也飞不出小小屏幕。豪侠仅能活在雪夜醉酒后的呓语中，酒醒后壮志不复。利剑唯有悬于无人问津的博物馆里，即使你拥有了它，又能刺穿什么？

每年放了寒假回家，我都要和我爸对饮几次，论国际局势谈世界话题。我们爷儿俩都是爱评个时事，没事儿操个闲心的主儿。有一次我大概是多灌了几杯“猫尿”，因为点儿鸡毛蒜皮的小事儿和我爸呛呛起来。当时我脑子一热，犯浑骂了几句脏话。结果我爸马上摒弃了以理服人的伎俩，直接一脚把我从凳子上踹了下来。然后指着我鼻子说，别和我犯浑，老子八十岁了也能把你打得满地找牙。

我爸练过武，这一脚下去，虽说收了劲儿，可我屁股也确实疼。好汉不吃眼前亏，我低眉耷眼对老同志表示自己是一不小心犯了错误，希望“组织上”能再给我一次重新做人的机会。我爸昂着头，拿鼻孔对着我，冷哼了一声，表示原谅。紧接着，又恨铁不成钢地数落我太面太不爷们儿，感叹自己几十年的武学修为都无法传承下去，担心这样下去他作为高手会很寂寞。

我抱怨说，小时候看了黄飞鸿的电影以后我就一直想练武来着，还不是您老人家强调学习是当前的主要矛盾，让我一心一意扑向知识的海洋。现在我唯一会的拳脚功夫就是广播体操，真动起手来估计壮点儿的姑娘就能把我收拾了。

我爸听了冷冷一笑，说老子当年是不忍心折腾你，可惜现在身子骨也操练不动了，干脆给你找一个真正的高手师父，把你好好调教一下。

我爸说的高手，名字叫刘子虎。

刘子虎是我爸的小学同学，我也认识。这人是个老陕，说话一股羊肉泡馍味儿，宽肩粗臂长腿，黑脸浓眉大眼。我老觉得他具有评书里说的那种“骑着匹马拿着两把大锤子就能在战阵里杀个七进七出”的猛将气质。比较引人注意的是他那一脸胡子，从耳朵根儿开始往下溜，我每次看见总觉得他的连鬓胡再往下蓄蓄，准能和护心毛连成一片。因为他这个相貌特点，熟人都喊他胡子刘，正好把他本名的发音颠了个个儿。

胡子刘是铁路子弟，就住在铁路大院，离我家并不远。我爸原来就常喜欢带我去他家坐坐，吃点儿柿饼红油豆腐丝儿什么的，都是胡子刘从陕西带的玩意儿，虽然带着土气，但正因为这些土气而显得好吃了许多。

我老爹说胡子刘是高手，但我还是给这话打了个问号，胡子刘面相看上去确实生猛，但耳听都是虚，因为我没见过他出手。不过我爸倒和我说起过一件胡子刘动手的事情。

胡子刘一家都是铁路出身，父母原先就是从陕客往北客调的工作人员，后来胡子刘也在铁路上工作，那会儿从北京往陕西发的车都还是老的绿皮儿车，T和K字开头的车好像都少见，经常见的是十几个小时晃荡着的慢车，胡子刘就是这种车上的乘务。从1986年开始，一直干到上世纪90年代初，平平稳稳的铁饭碗，虽说挣得不多，但是好在安生。

1993年的时候，突然“坏了事儿”。

当时有一个乘客喝醉了酒，在车上闹事，对周围的女乘客动手动脚的。有乘务员过来劝阻，结果被醉酒的乘客打了两巴掌。胡子刘在旁边一看这样下去不行，就也走上前去，想帮着把事态压一压。没曾想他这人高马大一脸络腮胡的乘务员往那儿一走，反倒把醉酒的乘客给惊着了。那人估计是觉得长成胡子刘这样儿的人一定会对他动手，想着不如先下手为强，于是一句话没说，朝着胡子刘面门就是一拳。胡子刘下意识地一闪，紧跟着自己的胳膊一伸、拳头一抬，拳头外侧就顺着乘客的太阳穴擦过去了。

结果那人当场倒地，眼看着就不行了。

这一下就麻烦大了，出人命了。胡子刘吃了官司，黑天白夜都耗在这件事上。那段时间里，他爹妈相继去世，媳妇儿也和他离婚了。等到事情结束，他才突然发现自己只剩了干干净净的孤家寡人一个。再继续当乘务员是不可能了，铁路局就安排他做了一段时间检票员，后来干脆就不再管他，任他自生自灭。胡子刘自己也不愿意再干这个，四十多就早早地办了内退。不过因为他爸妈留下的房子还在铁路大院的家属区里，所以他还在那个地方住着，没有搬走。

我爸聊起这件事儿，一直说胡子刘这人性子太烈，说好听点儿叫打抱不平，说难听点儿就是出手没个遮拦，早晚还得把自己陷进去。

虽说丢了工作，可人还是得挣钱活着。胡子刘找街坊朋友东拼西凑弄了点儿钱，在家属院的门口开了一家水果店。我去跟他学武术，就是在那家店里。

我爸事先给胡子刘打了个电话，说是让他教我点儿功夫。开始电话那头推脱了一下，后来我爸又说就只是为了健身，不求什么保家卫国杀敌伤人，这才让那边松了口风。

说是个小店，其实是因为门脸儿小，纵深还是有的，除了外面卖货的场地，后面还有个小院子，堆着一箱箱没拆的水果。那天我过去，就在院子中央清出来的一块儿空地上，胡子刘已经在那儿站好等我了。

等去了以后我才知道，原来不只是我一人儿跟着胡子刘练武，原来还有个十四五岁的半大小子也跟着他学功夫，听说好像是胡子刘邻居家的孩子。那小子长得黑瘦黑瘦的，眼睛看人的时候带着狠劲儿，说话的腔调和胡子刘一个样，看来是个小陕。他的功夫比我扎实多了，而且学武的态度也比我虔诚一万倍。我之所以来是怕我爸跟我吹胡子瞪眼，所以不得不敷衍一下，踢腿抬手都软绵绵的。而这小子估计是真想学武，认认真真地一遍遍打套路，练动作。

从我去的第一天开始，一连十天，每天都是扎马步，我就吃不了这个苦。结果我是练得腰酸背痛腿抽筋，而且丁点儿招数都没学，心里还是挺着急的。

到后来我实在忍不住了，趁着休息的时候问胡子刘，刘叔，这马步我也站了，后面几天能不能教点儿招式？厉害的那种！

胡子刘听了我的话，皱眉头，胡子抖着，闷声闷气地对我说，你个二不愣后生，你现在学武已经晚了，还是把基础打好点儿再说，底子太薄，光会招式顶个球用？前个儿你扎步子就不稳，夜个儿你光是站着，不用人推就快倒了，还怎么打？

我睁大眼睛问他，刘叔，就没有那种不用练就可以出手的厉害招数？

胡子刘想了想，说，有，你娃要是遇见对头，不要废话，直接上去插眼踢裆锁咽喉，至少能闹出一条人命来。

行，算我没问。

但我确实不甘心，又说，刘叔，你就不觉得我是那种习武奇才么？非得扎马步？

胡子刘笑笑不说话，递给我一根香蕉让我吃。

我冷笑着接在手里，并指为刀将其斩成数截。

胡子刘撇撇嘴，又递我半个西瓜。

我手起拳落，一拳砸烂。汁水四溢，红汤飞溅！

有本事再来！小爷神挡杀神，佛挡杀佛！

胡子刘看着我，把一个榴莲摆在我的面前。

……

你大爷的！

我愤怒地问他，怎么样？到底行不行？

胡子刘拿他那牛眼瞅着我，明显白多黑少杀气十足，盯着我有一分钟的时间，看得我腿肚子都开始转筋了，他才缓缓开口说话。

“一根香蕉半个西瓜，一共收你五块钱。”

法克！

老子将旁边的葡萄一把攥住，颗颗捏爆！

胡子刘摇了摇头，缓缓吐出一口气，对我说：“你啊你啊……”

怎么？能教？我赶紧追问道。

胡子刘看着我的手，沉痛地说：“不是，我是想说你捏了葡萄，还得再加五毛。”

这武是学不下去了！

我知道自己确实不是这块料，又想马儿跑又想马儿不吃草，这世界上就没白捡的好事儿。像我这种承平已久武备不修的家伙，再怎么练也不可能成高手。又坚持了十天，我想好歹能和我爸交差了，就琢磨着是不是向胡子刘提出辍学的申请。

没曾想我刚冒出这想法第二天，这功夫就暂停教学了。

胡子刘受伤了。

我去的时候，看到他后脑上包着白纱布，里面渗出红色来。之前学武的那个半大小子也不见了踪影。我有心想问问他是怎么伤的，难道是和人动手的时候被打伤了？不是说他是高手么？

我越看越觉得蹊跷，化眼为箭，目光嗖嗖地往他后脑勺上扎。我想好措辞，问，刘叔，怎么受伤了？

胡子刘哼哼哈哈，说不小心不小心，可就是不说怎么回事儿。

最后我还是听家属院里的人嚼舌头，才明白到底是怎么弄的。

胡子刘被自己徒弟敲了闷棍。

就是和我一起学武的那小子干的好事儿。

胡子刘他家的邻居是个寡妇，丈夫几年前得了癌症走了，家里只留下孤儿寡母。也都是原来铁路上的子弟，所以胡子刘和邻居一家有什么困难都相互帮衬着。一来二去，难免就有闲人传出些闲话来，说胡子刘是想和那家寡妇好，教别人儿子习武也是想和小孩儿搞好关系，俗话说一日为师终身为父嘛，到最后真成了父，就方便了。

结果这些话不知道怎么回事儿，拐弯抹角传到那小子耳朵里了，那浑小子一下子来了二愣子脾气。好么，前脚你教我武艺，后脚就和我妈好上了？一气之下，这小子从院子边角废料里捡了根化纤棒，躲在楼道里，等胡子刘回家的时候，照着他脑袋就是一下。

有好事儿的街坊过来问他，是不是那浑小子干的，简直是无法无天，把好心全当驴肝肺了！胡子刘却摇着头，说，不是他，那孩子老实着呢，这是我自己上楼摔倒磕的。

没等我主动提出退学，胡子刘倒是先让我回家了，而且叮嘱我在家好好练习，说功夫这东西，一天不练十日空，十天不练百日松，是个水滴石穿日积月累的玩意儿。话说完了，他扭头往院子的偏房走过去，我知道那是他自个儿的练功房。我进去偷瞄过，里面有很多绑起来吊着的大沙袋，我曾用尽全力打过一拳，不见它晃悠一下。

门关上，里面响起了“砰砰砰”的声音。

砰！

地动。

砰！

屋颤。

砰！

人抖。

不再去胡子刘那学功夫，我和他的接触也就没那么频繁了，这么一下搁着有大半年没来往。倒是有一天，胡子刘邻居家的事儿突然传进我耳朵里。我有同学也在那个家属院住，他知道我在胡子刘那学了一段时间功夫，就问我对大胡子的邻居有没有印象。

我说有，一个带着儿子的寡妇，听人提起过。

嘿，她家最近不好过啊！我同学说。她小叔子，名字叫周卫国。最近几天老是来找事儿，说她们住的房子不是他大哥买的，而是他的，说是要把房子收回去。站他们家门口骂了一个多小时，说他们娘俩占着地方不挪窝，一个是和别人眉来眼去的婊子，另一个是不是自己哥哥的种都不知道，有什么脸要房子。

就没人管管？我问。

同学说，她那小叔子，原来是捅了人进了局子，这是刚放出来，横着呢！坏人蹲了监狱以后不说老老实实的，大家反而都怕他了。

你说这他妈叫什么事儿！

我问同学，那胡子刘呢？没管管这茬儿？

他？同学一脸鄙夷，那孙子就不是个带把儿的，还好意思说自己习武之人，丫躲屋里就没露过头。

又过了两个星期，那同学又神神秘秘地过来对我说。

嘿，越来越稀奇了，你知道么，那寡妇，被她小叔子睡了！

嚯！我问他，这种私密的事儿你能知道？

嗨！同学很兴奋地说，全院子都传遍了，说是周四晚上的事儿，她儿子上晚自习，对门儿的胡子刘好像也不在，出去进货了。她一人在家，小叔子过来，本来说是进屋聊房子的事儿，结果……

你去打听打听，我们家属院谁不知道这事儿？

我听了同学的话，觉得这事儿确实操蛋。集合了伦理、悬疑、情色，这三大街头巷尾最喜爱的八卦元素，要是不被广泛传播那才叫怪了。“好吃不过饺子，好看不过嫂子”，大家都爱听这些玩意儿。

我问他，那女的什么反应？去报案了么？

同学笑得很暧昧，这种事儿去报案？说得清么？再说了，指不定她小叔子和她达成啥共识了呢，睡嫂子，送房子，两清了！

后来的事儿就不是我从同学那儿听到的，而是我爸告诉我的了。

胡子刘的寡妇邻居，吞了几十颗安眠药，准备自杀。结果被她儿子发现了，紧急送医院抢救了。

我爸问我，对这事怎么想。

我说，大概是因为大家都在传她和自己小叔子睡了的事儿吧。这种东西一传，就算不是真的，也成了真的。我总觉得这女的不是自己寻死，是被别人拿话戳着脊梁骨，实在是不死都不行了。

我爸点点头，说，她儿子是不是还和你一起在你刘叔那儿学过武？

我说，嗯，怎么了？

我爸说，那小子去找他二叔寻仇，被一脚从楼梯上踹了下去，差点把胳膊摔断了。

我问我爸，没人管？

我爸说，多管闲事儿多吃屁，少管闲事儿少拉稀。谁去管？

我眯着眼问我爸，那刘叔呢？

我爸愣了一下，说，他？他们家属院旁边最近在搞工地，来了一批陕西人，他每天和老乡在一起，唱唱秦腔什么的。

他就没管管？我问，爸，你不是说他是高手么？我还听说，他喜欢他那寡妇邻居呢，怎么这么怂啊！他唱个秦腔有什么用！他心里就不难受？

我爸听了我的话，突然蹦出来一句半文半白的词儿来。

只闻娥眉低垂泪，不识豪壮放悲声。

我咧嘴说，这是哪个二货写的这种……

没等我说完，我爸笑呵呵地拿巴掌啪啪啪往我后脑勺上抡，跟扇耳光似的。

我赶紧说，好诗好诗。

我大概知道作者是谁了。

我挺长时间没往铁路大院那边儿走了，有天我爸说那儿有一家不错的烧烤，喊我一块去吃。我必须给我爸这个面子，前两天才贬低了他的诗作，我得想辙修复一下我们复杂的父子关系。

我们爷儿俩溜溜达达到了烧烤店，客人还挺多的，一大帮子刚在工地上忙完的汉子围着桌子坐着，啤酒瓶白酒杯散落在周围，烟头钢签肉串混杂在一起。

胡子刘就坐在他们中间。

我和我爸没向他打招呼，找了个小桌儿坐下，点菜点酒，慢慢吃慢慢聊。

店里的生意很好，还包揽了外卖业务，我看着伙计一拨拨往家属院里送，估计要烧烤的人不少。过了一会儿，胡子刘走到串儿店老板面前，看了看外卖单，笑着说，我吃多了，得活动活动，这家我熟，我帮你送。

那天他拿着塑料袋包着的烤串儿往对面的家属院走去，我看着他的身子慢慢隐没在黑暗里，心里突然很不是滋味儿。

大概过了二十分钟，他晃晃悠悠地回来了，手里还拿着一瓶白酒。

我瞄了一眼，西凤酒，老陕自己的酒。

胡子刘重新在桌子前坐下，和那些工地上的老乡说笑，说的是陕西话，我听得似懂非懂。大概喝了一阵子酒，胡子刘突然招呼周围的老乡，大概意思是问吃好了没有，要是吃好了，就打板唱一段。

他周围的人开始呼喝着鼓起掌来，有的敞开上衣的扣子，露出精健的胸膛。还有人拿筷子敲击着碟盘，叫板一响，胡子刘和那些人唱了起来。

“无银钱当时把英雄困倒，大丈夫低下头泪如雨抛；一池水得了风也起波浪，我志气比天高谁敢小量；好一似困蛟龙陆地潜藏，时不来暂且把鳞角将养，单等得春雷动倒海翻江……”

我爸低声对我说，这是《苏秦激友》里的唱词。

胡子刘的声音里满是愤懑与不甘，声音和周围的人混在一起，夜色漫漫，他们吼着，到最后都吼出了哭腔。

一曲唱罢，胡子刘站起身，把清冽西凤酒洒进杯子里，仰头喝干。

然后将瓶口倾斜，浅浅西凤酒，散落黄尘土。

他站起身，走到串儿店老板面前，从兜里掏出一把钱，说这是晚上的饭钱，另外送外卖那一家给的钱也在里面。

说完，转身就走了。

过了一会儿，只听到串儿店老板“哎呀”一声。

这钱上怎么沾着血！？

我听了这话，猛然把头转向胡子刘离开的方向，却什么都看不到了。

夜色漆黑一片。

残月升，骤起烈烈风！

周卫国死了。

就是那个睡了嫂子的小叔子。

具体的消息是我跟着我爸去吃场子的时候得知的。当时是去吃涮锅，席上有个刑侦支队的叔叔，是我爸的朋友。正吃着肉呢，他突然提到了前段时间发生在铁路大院的案子。

“那人是借着送烤串的机会进到家里去的，进屋的时候周卫国还在看电视，刚泡好茶，没喝几口。”

“你们都想不出周卫国是怎么死的，嘿，像是跌了一跤。”

“那脑袋砸在地板上，面朝着地，背朝着天，噗……”

“就像这一样。”他拿筷子指着红油锅和里面沸腾的肉。

尼玛，刑侦的叔叔就是口味重，我顿时觉得自己吃不下去了。

我爸低着头，小声说了一句话。

周围人都没听清楚，但是我听清楚了，是一句拳谚：

侧起腿苏秦背剑，打英雄面落黄沙。

胡子刘是不是英雄，我不知道。

但是周卫国肯定不是。

胡子刘也死了，遗体出现在铁轨上。

从北京发往西安的列车把他碾成了两截，不过据说血流的很少，身上还是干干净净的。从他的上衣口袋里发现了遗书，上面坦白了自己杀人的事实，另外还提到了怎么处置自己的遗产。

所有的所有，都给了打他闷棍的小子。

再一次和我爸对饮，我们很罕见地没有聊国家大事，而是把注意力扯到了胡子刘的身上。

我问我爸，你说他这么做值不值？

我爸说不知道。

我说，他杀人犯法，是个混蛋。

我爸说，世界上明知有法却无法维护的事儿太多，这是无奈。

我说，他到底喜欢那个女的么？

我爸说，喜不喜欢，我也不清楚，不过我听说那个女的帮了老刘很多，最初老刘开店的钱，大部分都是向她借的。或许是喜欢，或许是报恩。

或许就是单纯地打抱不平。

我和我爸聊了许多，如果胡子刘没有学过武，不是一个普通乘务员，会不会对他邻居的帮助更大。但是这很明显是个悖论，如果他生活的层次更高，那么也不会遇到那个邻居，不会发生这些事情。

侠以武犯禁，这句老话确实有道理。

胡子刘其实不适合活在这个世界上，他莽撞地闯进我的生活里，带着百年千年前的刀光剑影，然后身死。

他不是好人，但是我很羡慕他。

聊着聊着，我和我爸都喝多了。

到最后，都不再说话。

这个世界上再也没有独行万里为曾经一诺的男人。雄鹰只能飞翔在赵忠祥主持的《动物世界》里，振翅也飞不出小小屏幕。豪侠仅能活在雪夜醉酒后的呓语中，酒醒后壮志不复。利剑唯有悬于无人问津的博物馆里，即使你拥有了它，又能刺穿什么？

我爸帮着他的老同学办了葬礼。

我去了。

胡子刘教的那个小子也去了。

他穿着黑色的衣服，腰上扎着功夫带，咬着牙，眼睛红红的。

这小子仰着头，像是怕什么东西从眼角掉出来。他低低地吼着一段秦腔，声音像极了胡子刘。

好儿郎起五更习就武艺，

离爷娘求功名光耀门楣，

出门去只怕我宝剑不利，

不封侯我不归桑梓之地。

那一天下了很大的雪，雪落在那小子的衣服上，像是开满了花。

骆驼祥子

Luotuoxiangzi

鸡贼的，利己的，个人的，堕落的，自私的，在这座城市里茫然不知的出租车司机，与此同时却又是怀有梦想的，善良的，伟大的，向前的，在这座城市里讨生活的骆驼祥子。他们依旧在这座城市里，不停地奔驰。

2014年，春和景明。

和酒肉朋友相聚增光路巫山烤鱼，食鲶鱼一斤，饮国人称之马尿西洋称之啤酒的玩意儿八瓶，飘飘然不知身处何世。

酒兴虽好，但我酒量不佳，饮时如长鲸吸百川，吐时如莱辛巴赫瀑布大决战。被兄弟扶出饭店时，恰有夫妇二人携孩子路过，见我面前砖地一片惨状，戚戚然不忍直视。男女使出左右开弓手法遮住孩子双眼，犹如八点档家庭连续剧突然蹦出了不良镜头。

兄弟要为我招手拦车，但司机们瞧见我的模样，全都脚踩油门儿迅速驶离，只留下我且吐且珍惜。就在我呼哧带喘交代后事，让兄弟们明天记得帮我把一到付的快递费给交了的时候，终于有一聪明的朋友，拿出二十元大钞利诱了一辆出租车。

“师傅，这二十算小费，车钱咱们另付。您将就将就，捎带手拉他一程。”

兄弟低首垂腰，两肩抬起，双手将钱奉上，另有几人将我抬起，仓促间要把我塞进车里。

司机师傅摇下车窗，只见这人身材健硕，宽肩，短发，鼻梁高耸，眉眼深邃，如同日本影星高仓健先生。他并二指将钱轻轻拈起，置于上衣口袋内，然后沉声吐气道：“不忙。”

司机师傅打开车门，轻轻挥手，如同电视里到访我国的国际友人下飞机时的样子。朋友们慑于其气势，如潮退散。

他缓步走到我面前，左腿前曲半蹲，伸右手，用拇指按住我手掌虎口处，狠狠按下。我连声呼痛，他却沉默不语，周围人因不知深浅，只得按兵不动，直到两三分钟后，他才把手松开。

我摇摇晃晃站起身，伸胳膊蹬腿儿，发现自己胃不酸嗓不痛，好像一口气再吹瓶都不会费劲儿了，于是赶紧对着司机师傅千恩万谢。

司机师傅神色淡然，轻声说，年轻人喝酒要注意身体，这次学着点儿，那地方有个穴位，醉酒以后按了能止吐。

有哥们儿竖大拇指，笑着问道，师傅，敢情您还是业余老中医？

司机师傅掏兜拿烟，我赶紧狗腿子似的拿火机给他点上。这位深吸一口，然后闭眼缓吐烟圈，像是几千年前尘往事全都混在这一口里了。

站立良久，他才用标准播音腔说道：“这世上司机本不会按摩，在车上吐得人多了，自然就有了绝活儿。”

北京的哥大多都藏有一手绝活儿。

晚报原来专门做过一期节目，讲述北京出租车司机的故事。里面提到一位董师傅，他等活儿的时候就用自己的出租车练倒立，双臂撑着车门，两腿笔直悬空，能坚持一分多钟，不管风霜雨雪，天天都练。五十多岁的人了，一身腱子肉，参加健美比赛还得了第二名。

媒体报道的只是冰山一角，偌大的北京城，多少藏龙卧虎之辈，全猫在东风雪铁龙里了。光是我亲眼见识的，就有那么几位。

有一回，我从北外门口拦车，一钻进去，就被车内的布置吓住了。车前厢的位置摆了密密麻麻的一大摞照片，全是司机师傅和外国友人的合照，黑红白黄，老中青妇幼，应有尽有。

“去哪儿啊？”司机头也不抬地问道，我仔细一瞧，人家手里拿着英语词典背单词呢！

路上聊了会儿，的哥跟我说，他的业余爱好就是英语，从高中课本一直学到大学英语，自己还拿网上的考试卷子做过一遍四级考试题。

我问他怎么想着学英语的？

司机师傅说，咱北京好歹也是国际大都市啊，不会点儿洋文能行吗？另外这也是提高自身附加价值的方法。打一比方吧，你要是去了美国，你是拦一个说hello的车，还是拦一辆说你好的车？我呀，这是给老外们创造一种回家的感觉，让他们觉得温馨，下回还坐我的车。

聊到尽兴处，司机师傅还现场为我背诵了几段英文原著，怎么说呢，那口语和gala乐队唱的“桑嘚死扛硬爱旺那拽卖卡”有的一拼。

“我要上了大学，这至少是个六级水平。”他说。

我觉得他这话说得没错。

一千个读者有一千个哈姆雷特，一千个司机有一千种绝活儿。

但说到底，所谓的绝活儿也都是日常技能的变种，和普通人比起来，没什么太多了不起的。不过话又说回来了，这北京的哥，还真有两种其他人不会的技能。

这两种绝活儿，其他人哭都哭不会。

首先要提的，就是“听声辨位”。这听声，指的是乘客口音，这辨位，则指的是乘客打哪儿来。

北京的人流量这么大，到底哪些客人司机喜欢拉，哪些客人司机懒得拉，这上了车兜不兜圈子，黑不黑点儿钱，都有学问，关键就在这“听声辨位”上。就拿西客站来说吧，京津冀地区的客人，其实是司机们最不喜欢的，挨得近跑不远地方熟，想蒙你都蒙不成。越是往南，司机越是喜欢。外地客，不知道路，从西站出发，绕着丰台跑一圈再回海淀，估计乘客都不知道哪儿是哪儿。平舌翘舌不分，好，这是一外地客，能拉。儿化音用得标准，就算不是本地人，至少也待挺多年了，赶紧滚蛋，别耽误我挣钱。虽说是小小口音，可钻进司机师傅的耳朵眼儿里，就能听出不一样的价格来。尤其是把“刘奶奶喝牛奶”说成“刘lailai喝流lai”的同志，这声音听着，简直是哗啦啦的钞票响。

早年间，北京出租车很不规范，不打表打假表都是常有的事儿，不载客抢载客也都不稀奇。虽说整顿了这么多年，可老毛病一时半会儿还是改不了。北京的各大长途车站，都有一大批“听声辨位”的高人，等着拉冤大头的活儿呢。

平头，制服，半开着窗户，把耳朵凑出来，遮遮掩掩听着。“哎哟，这是一天津人，算了算了，这活儿不拉。”

这样的明显是刚入行的新人，顶多判断下乘客大概的地方，成不得气候。

戴墨镜，神色不屑，半倚着车门，拿腔拿调喊着走嘛您，等人真走近了，又闭上嘴巴，半侧着身子，专用耳朵对着。

“嗯，湖北的，武汉的，能行。”

这号的，算是步子踏进修行的门槛了，将来定有大作为！

至于真的高人，那都不显山不露水的藏着呢。一大群司机，围着他一人，这是司机当中的带头大哥。上了年纪，肚腩突出，皮带卡在胸口，戴一蛤蟆镜，意气风发，到处瞎侃，讲自己走南闯北，西方哪个国家没有去过？

等乘客走近，突然挥手，万籁俱寂。

耳随声动，如幡随风动。

脚步渐近，先伸一指。

“四川！”

周围散坐的后进司机，有的轻声吐气，为自己猜中答案暗暗叫好，有的垂头丧气，表明还有待学习。

司机大哥却不为所动，闭眼，屏气，凝神，静听。

每个字儿的韵尾，每个音的抖颤，都在掌握之中。

再伸一指。

“成都！”

这一次猜中的人更少了，余下的人惶惶不安，眼神偷瞅着司机大哥，又倏忽飘至乘客处，显示出内心极大的不自信。

还有最后的考验。

司机大哥摩挲着手上保温杯的盖子，动作轻柔舒缓，但此时此刻他的全部精神却紧绷着，像走在钢索上的人，底下就是万丈悬崖！不断地有司机跌坐在地上，满脑门子的汗，听不出来！真的听不出来！这最后一步，再也听不出来！

司机大哥的额角开始沁出汗珠，一滴滴向下坠落，跌成八瓣，晶莹剔透。

这是一场较量，乘客与司机间的较量。

咳嗽声，呼吸声，甚至那未从喉咙里发出的微小之音，全都聚在司机大哥的耳朵里。

突然，他笑了，咧开嘴，喜悦，发自心底的喜悦。

“这个活儿我拉了！”他低声说，再伸出第三指，顾盼左右，除了司机大哥之外，早已无人能猜出最后的答案。

“金牛区的！”

常听人们说，要做好北京的司机，功夫不在开车上，而在两个地方。

一个在耳朵上，指的就是“听声辨位”。

另一个，则在嘴巴上，那就是说话的艺术了。

北京司机能侃，这事儿连奥巴马都知道。可要是把的哥的嘴上本事真当作他们有学问，这就确实有些夸大了。乘客多，见识多，哪儿的消息都能打听一点儿，自然说话的面儿就宽了。今儿拉了一小姐，抱怨哪儿哪儿又严打了，嗯，下回司机就能侃北京治安治理问题，还能给单身男乘客，提供点儿信息补助。明儿又拉一公务员，讲谁谁又被查处了，嗯，这下又能和其他人说说中国的政治问题，贪污腐败问题。

枯坐车中，再加上北京老堵的路况，没人挑头儿说话，确实难堪。所以司机师傅们往往起了个活跃气氛的作用，一来是缓解压力，二来是调解情绪，打好关系，多收个一块钱，乘客也不计较。这其实是司机的本分，也是他们赖以生存的本事。

但能把本事变成艺术的，这就少了，打了这么多年车，我就碰到过一个。

这个司机姓谢，经常在我们学校门口等活儿，我拦他的车去大悦城，上车没多会儿就聊开了，谈天说地，风趣幽默。我常坐谢师傅的车。我发现他很会和人聊天，就像是三孔插头正好插在三孔插座里。

他简直把普通司机的侃大山变成了一种比央视煽情节目还要艺术的活动。

在我无数次香烟的贿赂下，他终于吐露了如何与人交谈的诀窍。

“你要明白，你对话的那个人，究竟属于什么？”谢师傅低声说道，他的嗓音华丽，如同童自荣老师配音的佐罗。

“就像是你要卖梳子，绝对不会卖给一个秃子。”

“女乘客，一定要先观察，如果是闺蜜之间或者男女朋友，不要插嘴，他们自己会制造话题。你要做的，就是变成空气，隐藏自己。假如是单身女乘客，一旦她掏出手机来，你就要立刻闭嘴，因为她的动作表明在抗拒对话，不要强求。”

“至于男性，那就好办多了。”谢师傅笑了，像是西点师把一个巨大的蛋糕摆在食客的面前，带着职业般的自豪。

“政治和经济，这是男人的核心。”

“抛开这两个话题，还可以有针对性地说说。”

“白领、IT男上了车，那就狂骂公司老总，说他们没人性，不知道体谅员工。再拐弯抹角地夸夸老罗，说只有有情怀的公司，才值得人们奉献。”

谢师傅声音一顿，把头扭向我，对我说道：“至于你们年轻人嘛，那简直就可以说是天生的听众。骂领导、骂制度、骂学校、骂企业，什么都骂，你们呐，都是真朋克！”

服！真服！

一张嘴，上下俩嘴皮，磕巴一下就能出音儿，这谁都会的，偏偏只有谢师傅把说话的本事真正琢磨透了。

但说到底本事都是拿日子磨出来的，从早年间的黄面包再到夏利，又从夏利折腾到雪铁龙，谢师傅已经四十有八，两边头发都白了。他说自己在这座城市里见过很多人，好的坏的都有，什么心思的都体验过，有上车就骂的，有上车就哭的，有求谢师傅往河边拉想自杀的。

都是活着呐！

谢师傅感叹道。

有一次他和我讲起他自己的日子，每天起大早，等活儿拉人，中午就在司机之家吃饭。那是一个专门针对的哥的饭店，虽然没什么好东西，但是十二块钱连菜带饭管饱。

司机容易得病，谢师傅说，这么多年，不知道得了多少毛病。

“后来连那地方都不行了，硬不起来。医生说和长期久坐有关系，另外杂七杂八毛病综合的结果。”他笑着说，“我老婆找了个男人，我和她离了，儿子归我，我挣钱供他上学。我儿子比我有出息！”

那一天他没多说话，但我总觉得他那时说的每个字比之前他讲过的所有语言都珍重。

像是金子一样，亮闪闪地发光。

当然，也不是每个司机都把技能点加在了聊天上。

原来去法大的研院上课，因为路途遥远，专门找了个司机师傅，类似于包车，每天早上七点，他准时在宿舍楼后面的栅栏门候着我。我上车看书，他专心开车，谁都不说话。

这师傅姓廖，名一平，三十七岁，个子不高，两肩微塌，眉毛很浓，但眼睛挺小，嘴唇厚，下巴宽阔，是个一眼看上去就老实巴交的男人。

当然，从面相上看，也是不善交际的那种。

驾驶座的左侧，摆着张相片，是他们一家三口的，一个年轻女人，一个小女孩。但很可惜，我们完全没聊过有关他家庭的话题。

“来啦？”他冲我点头。

“嗯！”

低头钻进车里，这就是我们的日常对话。

这样的日子持续了很久，从2012年的年初直到2013年，我们俩像是北京城内绝大多数擦肩而过的路人，来去匆匆，只有金钱的关系。

后来，我们有了一次对话。

那天是我和朋友在蓟门桥喝多了，晚上十一点，拦不到车，朋友家住得近，先走一步，留我一人寥天野地茫然不知归路。无奈之下，我试着打了廖师傅的电话。

电话通了，我问廖师傅还在跑活儿么，能不能接一下我。

那边沉默了几秒钟，然后廖师傅问我在哪儿。我报上方位，廖师傅“嗯”了一声，就挂断了电话。

二十分钟后，廖师傅的车停在我的跟前，他就是这么个人，话少但实诚。

他搀着我，把我架到副驾驶座上，又把车窗打开。我拿脑袋顶着车门，晕晕乎乎地想睡觉，但又像是孕妇起了妊娠反应，老是想吐。眼皮打架，迷迷糊糊之际，廖师傅突然开口说道：“别睡，一睡就吐得厉害。”

“咱们聊聊，说说话，你也精神点儿。”他拍拍我的肩膀。

我强撑着睁开眼，窗外的夜风刮在脸上，凉凉的。

“小戴，你买车了吗？”他问我。

“还没。”我强打精神说道，“号都没摇着，且等呢！”

廖师傅点点头，说：“没买也好，就北京这路况，买多好的车都得堵。而且这年头，买车事儿多，哪怕没事儿，都有人给你找事儿。”

我听了廖一平的话，觉得他是想说点儿什么，于是接着问，这话什么意思？

“碰瓷儿！方法多着呐！”廖师傅提高声音说道，“比如拿一个行李箱，悄悄摆在你车尾，等你一开车，箱子倒地，然后立刻有人跑出来，说你把他箱子碰倒了，里面装的是文物，乾隆年间的花瓶，至少要赔三十万！”

“或者是你倒车的时候，一个老太太，专门挨着你车边走，你要是停着不动还好，要是接着开，立马倒地，说是你撞的。要是去医院验伤，保管是骨折，这些人呐，都是专门找好的，真的有病才往你车上靠。”

“你说，这到底是怎么了，这些讹人的也都是老百姓，怎么老想着骗老百姓的钱呢？”廖一平低声说。

我想起来原来谢师傅说过的话，于是解释道：“底层欺负底层，这事儿才他妈是常有现象。”

“是！是这个理。”廖一平点点头，不再说话。

车厢里一下子安静下来。

北京的夜晚，十一点的街道依然霓虹闪烁，那些敞开着门的店铺，喝得头昏脑涨的食客，穿着暴露的姑娘，忽闪着警灯的警车，像是蚂蚁一样，涌向四面八方的人们。所有的一切都随着我和廖一平所在的出租车呼啸而过。

“四月份的时候，我拉了个人。”廖一平突然开口说道。

远远的车灯照在他的脸上，五光十色。

“当时那人出车祸了，躺地上，肇事车跑了。他老婆招手，让我拉。”

“说实话，我不想拉。身上都是血，再加上我怕惹麻烦，你知道的……”廖一平有些烦闷地吐出一口气，问我有没有烟。

我给他点上一支。

“后来呢？”我问。

“到了医院，扯皮，说是我撞的。”

“到头来，为了避免麻烦，还是赔钱，息事宁人，要不然连活儿都拉不了。”廖一平拿手指轻轻抓按着自己的太阳穴，烟灰轻轻落下，染白了他的头发。

“操他妈！操！”廖一平轻声骂道，他的声音很轻，可是我依然能听出来隐藏在语言之下的恼怒和愤恨。

“你说这他妈叫什么事儿？”

我静静靠在车椅上，看着廖师傅。原本浓密的眉毛，此时像是墨团一样，拧在一起，双眉之间现出川字形，两颊因为情绪都染上了一层如同醉酒的红色。

“我老婆说我是个大傻逼。”

“我觉得自己也是。”他说。

车缓缓停下，红灯。

廖师傅握着方向盘，低声说："想杀人，当时我的感觉就是想杀人。妈了个逼，看谁不顺眼，就撞死丫！"

"那一阵儿老想着这个，天天心里跟烧了一团火似的。"

"五月十七号，我还记得日子，往劲松派出所走的那条道。一个傻逼骑摩托逆行，直接冲着我来了。"

"当时我就握着这方向盘，脚挨着油门儿。"

"我真的想撞死他了！真的！"廖一平深吸一口烟，"你妈了个逼的，怎么都是你们这些杂种违反交通规则啊！怎么总是你们欺负别人啊！我感觉整辆车都发烫了，马达嗡嗡地响！踩！撞死丫！"

我看着廖一平，滚烫的烟气弥漫在车厢里，带着杀意。

红灯灭，绿灯行。

出租车又缓缓开了起来。

"我给了自己一巴掌，特狠的那种，把自己嘴巴都抽出血了。"廖师傅眯着眼睛说。

他把烟头扔出窗户外，指着放在驾驶座左边的照片说："我想了一下她们。"

"那脚油门儿，还是没踩下去。"

出租车靠路边停了下来，再往前路不好开，我说我自己走过去得了。

混在体内的酒精都随着汗流了出来，廖师傅说得平淡，我却听得惊心动魄。

他把车厢灯打开，埋着头给我找零钱。

“你说这年头，做个好人怎么就这么难呢？”他问我。

我不知道该怎么回答他。

“别做好人，好人都活不长。”廖一平低着头说。

我推开车门，缓缓往学校走，觉得心里憋闷得厉害。我的身后，廖一平开着车慢慢地退去，像是要把自己隐藏在黑暗里。

但过了一分钟，我的耳边突然传来汽车喇叭声，扭头一瞧，竟然是廖一平开着出租车赶过来了。

我停下，他的车也停下。

他摇下车窗，看着我，张嘴想要说些什么，好几次，却又闭住。他用鼻子吸着气，像是要鼓足气儿似的，太阳穴的青筋突突地跳动着。

浓浓的眉毛伸展着，像是笔直向前的公路，细小的眼睛睁开来，如同闪烁的车灯，廖一平狠狠捶了一下方向盘，大声说道：

“可是我他妈还是想做个好人。”

说完，廖师傅有些不好意思地冲我笑笑，关上车窗，掉头。

树立在两边的大厦，好像都映照着光亮，将他前行的道路辉映得无比光明。那辆不知开了多久的破出租终于驶离了我的视线。然而马达声却始终回响在我的脑海里，那声音越来越大，直至震耳欲聋。

鸡贼的，利己的，个人的，堕落的，自私的，在这座城市里茫然不知的出租车司机，与此同时却又是怀有梦想的，善良的，伟大的，向前的，在这座城市里讨生活的骆驼祥子。

他们依旧在这座城市里，不停地奔驰。

少年壮志不言愁

Shaonianzhuangzhibuyanchou

我突然萌发了一个想法，就对老雷说，老雷，我想把你的故事写出来，你看成吗？

他想了想说，行，平铺直叙就成，就说大白话，咱们怎么说怎么做，都按实际来，千万别搞什么艺术加工。

我实习的那个律师事务所，地段很好。三排大楼连成一片，无数个小窗户打开就是射箭孔。由此屏障俯瞰，最近是鳞次栉比的街边小摊，烧饼包子五金杂货应有尽有，把街道围得水泄不通，起到了防御工事的作用。八国联军再想打进来，最起码要耗费一昼夜的功夫。再加上此处面向三条交通要道，一旁还有趴活儿的黑车司机作为运输大队，快速机动，进可攻退可守。这要是放在古代，就是兵家必争之地。

黑车司机们大概都是行伍出身，很明了这一点，经常在我们律所门口大打出手。有时候是为了抢客源，有时候是因为街道狭窄发生车身刮蹭，总之就是战个痛快。大夏天本来就人心浮躁，但凡有点儿鸡毛蒜皮，老阳儿一晒，人就动了肝火。上衣一撩，光着膀子握紧拳头就开打，一时间人声鼎沸观者如云。说来这些司机师傅也挺有意思，如果有人报警，警铃乌拉乌拉还离这儿半里地远呢，打架的俩人就散开了。假装买个包子喝杯饮料，看树底下人下象棋，总之警察叔叔来了，绝对逮不着闹事儿的人。等警车开远，瞅不见车屁股了，马上俩人又跳出来，大声叫嚣，乒乒乓乓再次开打。

七月底，律所门口闹过一次大阵仗。两拨黑车司机小团伙儿意见合不拢，决定武力解决问题。以大楼为分界线，东西各站一排，呼呼啦啦把通道围了个严实。个个儿昂首挺立手上拿着附近五金店买的改锥榔头，大有一言不合血溅当场之势。

十分钟前我下楼买冰棍儿，十分钟后我只能被堵在律所门口，和乌泱泱的人群一起凑着看热闹。正是剑拔弩张的时候，全是一米八满胸脯子护心毛的壮汉，谁跑去说一句麻烦借过，估计都得当场被撂在那儿了。

我正想着呢，就听见前面一人说了句，麻烦借过。

这他妈不是找死么！我垫着脚尖儿，伸头看那人的模样，四五十岁的年纪，穿着一件长袖白衬衣，花白头发。我心里想这人是不是傻了，找打啊？

没曾想两拨黑车司机突然一阵骚动，紧接着就是如潮退散，脚步哗啦啦响的和浪花似的，正好为他让出一个行走的通道来。我记得《圣经》里有一段是“摩西向海伸杖，耶和华便用大东风，使海水一夜退去，水便分开，海就成了干地。”我琢磨这人的效果和摩西也差不了多少了。

等他走上台阶，底下黑车司机又恢复到两阵对垒的状态。那人转过头，说了句，影响不好，都散了吧。只听见齐刷刷的脚步声，黑车司机如山崩海倒，顷刻间了无踪迹。于是，我算是亲眼目睹了什么叫作消杀机于无形。

我自言自语，我操，这人谁啊，这么牛逼！！

老雷！一旁看热闹的黑车司机低声说道。

我转脸儿问他，老雷是谁?

黑车司机嘶地吸了一口气，瞪眼儿瞅着我，就好像我在问地球究竟是圆的还是方的。但是他吭哧半天，也说不出个所以然来，到最后反而是加重语气又蹦出俩字。

老雷!

黑车司机的群架因为一个人的出现彻底崩盘，等我回到律所透过窗户往下瞧时，也没人再聚集起来闹出什么动静了，简直比打了一百个110还好使。

更让我诧异的是，老雷出现在我们律所里了。律所的领导亲自接待，领着进了办公室。俩人关着门在里面整整谈了近两个小时。再出来的时候，领导坚持把老雷送到门口，等人都快走出去了，他才一拍脑门儿说，谈了这么久，你连杯水都没喝。小戴，倒杯水去!

我拿出杯子准备去接矿泉水，老雷却说话了，他声音低沉而又沙哑，听起来病怏怏的。

倒一杯热开水吧，他说。

大夏天的喝热开水，这人确实有点儿意思。我把杯子递到老雷手里，借着这个机会好好观察了一下他。个子不高，中等身材，面容消瘦，脸色发黄，头发花白，看上去像个病人。律所里开着空调我都嫌热，他却穿着长袖衬衫，袖口的扣子，领口的扣子都严严实实地系着。我实在想象不出，这人有多大能耐，能让两拨快打起来的黑车司机为他让道。

他把热水一饮而尽，说了声谢谢，很快就离开了律所。

等人走了，领导又让我帮他把茶泡上。我在律所实习期间还算手脚勤快，所以和领导关系还不错，再加上领导也是个直爽人，我们俩很聊得来。我一边泡茶一边随口问道，刚刚那人是谁啊？

领导闻言，瞪着眼睛看我，神情和黑车司机一模一样。

“老雷啊！”是，我知道他是老雷，可这名字还是我之前从黑车司机口中知道的。

“老雷的事儿，我就没和你提起过？这周围谁不知道他啊！你就一点儿都没听说过他的事迹？”

我只能摇头。

领导喝了一口茶，让我猜猜看老雷是干什么的。

我说，这人有点儿黑社会老大的范儿，不动声色而屈人兵，权势应该挺大的。不过看他气色很差，身体不算太好，像是有什么烦心事儿。我猜这人是吃了官司的黑帮大佬，想找咱所帮他打官司。

领导听了我的话，笑了笑，之后又叹了一口气。他对我说，我给你讲讲老雷的事儿吧。他原来是个警察。

老雷是首钢子弟，高中毕业后本来分配他去首钢当工人，可老雷并不喜欢这样的安稳日子。1983年北京市公安局面向社会招募警察，他立刻报名参加了考试。工厂生活锻炼了他的体魄，老雷顺利通过了一系列考试，经过几个月的训练后，他成了一名刑警。

老雷很拼命，这是个勇敢并且执著的人。平时出现场抓捕任务，他都冲在第一个，翻墙头他先，冲锋他带头，动手他第一个。按照老雷自己的话说，结了婚的，结了婚还没孩子的，孩子还不大的，父母年迈的，没谈对象的，刚谈对象的，准备结婚的，全都得排在他后面。总之，危险的活儿，他去干！

律所的领导和老雷是多年的老朋友，两个人知根知底，私下里喝酒的时候，老雷对他说过，做警察这么多年了，他最引以为豪的是办成了两件大事。

第一件大事儿发生在他当警察第三年的时候。那年六月份在检察院家属院发生了个案件。一个小流氓从墙头翻进宿舍区，正在四处转悠。当时正好有一个放了学的小姑娘在自己家门口玩儿，这小流氓就用口渴想喝水的借口骗她为自己开了房门。进屋以后，小流氓又四处乱瞄，结果引起了小姑娘的警惕。小姑娘要求这小流氓离开自己家，谁曾想，那人对小姑娘拳脚相加还强奸了她，最后把屋里的钱财席卷一空，然后逃之夭夭。

等小姑娘的父母下班回到家中，为时已晚，匆匆忙忙去公安局报警，于是这起案子落在了老雷手里。老雷说，那小姑娘只有十一岁，报案的时候眼睛通红不停地流眼泪。

他立刻去现场勘查了情况，详细地询问了那人的长相口音，穿着打扮，但是除此之外，现场再没有发现其他有价值的线索。当时的技术手段没有现在先进，DNA鉴定无法实施，翻墙进来的围墙上也没有像现如今这样装有摄像头。老雷只得离开犯罪现场，在检察院周边进行探访，希望能有所收获。在相隔数百米远的居民区，一位乘凉的阿姨说，她前些日子一直见有这么个模样的年轻人在附近转悠。老雷问她，是连续好几天都见着的么？阿姨说，是，连着一星期左右。

老雷有了自己的推断，根据口音可以辨别，这是北京本地人，而根据阿姨所说的，连续见着好几天，应该可以推断这个人属于近地区犯罪。一个人踩点犯罪会有多次，但不会如此密集频繁，假设他是异地作案，光是他来回的路程就要耗费掉大量时间，所以他的生活地应该就在这周围。

但做出这样的推理，对于案情的侦破也并没有太大的帮助。老雷还是只能采用最原始也是最有效的办法，“蹲坑”。

他找局里借了一辆自行车，换上便装，每天骑车载着小姑娘，开始以检察院的家属区为中心，向外逐一排查。哪儿人多去哪儿，哪儿热闹去哪儿，哪儿有小偷小摸，哪儿有流氓地痞，他就往哪儿钻。就这样一连蹬了几十天，没一天间断。他把小姑娘照顾得很好，为她买了遮阳帽，怕她热了渴了，带她吃西瓜吃冰棍。小姑娘一点儿没晒黑，倒是老雷自己的皮肤开始脱皮，一拽就掉，最后全成了硬壳。两腿的肌肉因为长时间蹬踏自行车，出现了拉伤的现象，但是他还是坚持着。这样大海捞针似的排查似乎没有什么实际作用。同事劝他，破案不急于一时，要不你歇息两天？但老雷觉得，得了钱财，一定会出来消费，那个人就快出现了。

快了！

八月底，古城公园开了一个消夏晚会。老雷带着小姑娘去那儿转悠，在骑到中央大道的时候，前面的路被小摊堵住了，他把自行车停到一边，牵着小姑娘向前走。大概走了有二十分钟，突然小姑娘站住不动了，老雷低下头，看到小姑娘眼睛里全是泪水。

小姑娘指着前面不远处一个蹲在地上抽烟的年轻人，对老雷说：“叔，是他！”

老雷慢慢松开小姑娘的手，然后一个箭步冲了上去！

蹲在地上的年轻人看到有人向他扑来，愣了一下。但这人没有转身逃跑，而是从怀里掏出个东西，直接扎向老雷。老雷匆忙侧身，却避之不及，腿上一疼。那年轻人得手以后撒丫子就跑。老雷也顾不上处理伤口，拔腿就追。

等老雷将那个年轻人扑倒在地的时候，已经是三十分钟以后了，据说他的血沿着中央大道撒了一路。

等闻讯赶来的人们帮着老雷把年轻人抓住的时候，老雷已经不会走路了，一条腿彻底失去知觉。他是被抬到医院的，腿上动了个手术，因为匕首都戳进骨头里了。

案件侦破，老雷荣立三等功。那年他才二十三岁。

就这么在刑警队干了七八年，老雷因为自己的勇敢表现，受到了赏识和重用。他接受了一项秘密任务——管理特勤，用大白话来说，就是培养线人，并且利用这些线人来破案。这事儿说起来简单，做起来却难。因为老雷需要用一个全新的身份，社会人的身份去和那些线人打交道。那些线人都是什么角色？地痞流氓妓女小偷毒贩瘾君子，三教九流无所不包。这些人手里就算有线索，也不会随便向公安交代，只能靠老雷这样的人才能获取。

从此，警察老雷消失了，北京城里出现了一个跺地抖三抖的大哥——老雷。

江湖传闻他出手阔绰，手眼通天，是京城里数得上号的人物。一般来说，局里的其他队伍办案需要活动经费，还需要上下走批文，而老雷不用，只要是他办案所需，要钱给钱，要权给权。整个京城的地痞流氓慕名都想结交他。就这样，不够级别的小流氓都轮不上号。

我们律所的领导当时刚开自己的业务，租了一个小门面，结果头天开业就有小混混去闹事收保护费。他给老雷打了个电话，第二天老雷去所里坐了一会儿，喝了一杯茶走了，第三天小混混举着红包，站在门口亲自赔罪。

老雷依靠特勤，接连破获了十几起大案，那大概是他最风光的时候。

第二件大事，就是老雷在此期间办成的！

1996年，白宝山案震惊全国。白宝山原来就犯过罪，他刑满释放后又在京西的电厂抢走了一支半自动步枪。没过几天，开枪打伤了执勤哨兵，并在逃脱追捕的过程中，打伤了多名民警。这一下，全国上下公安干警的弦儿都绷紧了。

枪，寻枪！卖枪的，买枪的，中间联络买卖枪的，所有人都要被找到！

局里给老雷下达了任务，想尽一切办法也要把案子搞清楚。没过多久，一个巴结老雷的小流氓向他献殷勤，问他有没有兴趣玩玩硬货。如果有兴趣，朝阳劲松有一个叫“黑哥”的人能弄到。

老雷立刻做好准备，从局里提了宝马，开着车，表现出一副热衷的样子，由那个小混混带着前去和“黑哥”接洽。“黑哥”所在的地点，是一片平板房，房屋中间没有隔断，里面二三十号人聚集在一起。老雷只是扫了一眼就马上发现，这是一个毒窝。

调查开展得并不算顺利，“老黑”的戒心很重，老雷所说买枪的事儿他都只是打个哈哈，敷衍而过。一两个小时，全都在试探中度过。

之后，“老黑”借口上厕所，出了门，而几个流氓却走了过来。

“我说，您该不会是‘马爷’吧？”几个小混混问。（注：京城里管警察叫马爷，也叫雷哥，雷子）

“说哪儿的话！”老雷笑道。

“呦，那要不您赏脸？和兄弟们也一起玩玩儿？”混混把吸毒的东西递过来，摆在老雷面前。老雷什么都没说，面无表情地回忆着认识的瘾君子吸毒的程序，然后开始吸毒，动作熟练。一边吸着，一边对那几个混混说，玩儿这个得有两重境界，第一重境界，是这样，他拿着烧着的烟头，烫在胳膊上，嘴里说，你瞧，只感觉热，没感觉烫。这说明，开始起作用了。

过了五分钟，他又从桌子上拿起一把蝴蝶刀，在胳膊上刻了一个十字儿，血流出来，他却不皱眉头，嘴里依然说道，不疼，这说明到位了。

正说话间，“黑哥”扭脸又走进屋来，拍着老雷的肩膀说，嗨，是个老手！

老雷就这么在毒窝里接上了头，抽烟赌博偶尔还吸点儿“面儿”，一连三个月，“黑哥”终于打消了顾虑，开始和老雷正式联系。老雷提出要买二十支枪，“老黑”应允，约好时间地点。随后，老雷以买枪为名将人引出，警方出动人枪俱获。

这一年，他荣获公安部嘉奖。

领导说到这，不再继续，低头喝茶，沉默不语。

您这说的和电影似的，真的假的啊？后来呢？我赶紧追问道。

领导把桌子上一个文件夹递给我，说，后来的事儿就和这个有关了。我把东西接在手里，然后从里面抽出一摞纸。仔细看了看，都是关于因公染毒的证明。领导指着证明对我说，要把这些全都办下来要去不少地方，公安局的说明，医院的病历，戒毒所的材料，还有当事人的案情报告。你要是感兴趣，就自己跑跑腿，我给老雷打个电话，就说事儿交给你来办了。

这剩下的半截故事，由他自己给你讲。

我在第二天的上午十点，前去拜访老雷。

他家离律所不远，走路大概需要一二十分钟。老雷住的是单位分的房子，看模样应该是80年代末建的，没电梯没粉刷，一进楼道感觉天都黑了。他们家在三层，去的时候领导对我说，三楼最破的那一户就是他们家，你一眼就能瞧见。果不其然，右边那户装着钢制的防盗门，刷着蓝漆呢。而这边，铁栅栏式的防盗门，一层钢丝防尘网破破烂烂，全是窟窿。

门是虚掩着的，我轻轻敲了几下，把门拉开，吱吱呀呀的声响从门轴传出，估计都锈了。老雷听见动静，从房内走出来，轻声问我，是小戴吧？

我点头，笑着说，雷警官，您好。

嗨，别叫我雷警官，叫我老雷吧。这称呼原来喊还行，现在别了，我怕丢人。老雷一边说着，一边把我让进屋子里。

我走到房内，愣了一下。屋里空空荡荡，没有电视，没有沙发，现在的问题不是他家里没什么，而是他家里有什么。

“有点儿吃惊吧？”老雷笑着对我说。

“头一回来我家的人都这样，我家里什么电器都没有，都卖了。”

“庞所儿说我的事儿让你来负责弄，费心了，我跟你说声谢谢。”

“哪儿的话，太客气了”，我赶紧接话道，“您瞧我们去哪儿聊呢？”

“去我卧室吧，就坐床边，还能歇会儿。”老雷把我带到卧室里，安排我坐下，他则远远地靠在床头，点了一支烟。

该怎么起这个头，从哪儿开始说，我心里确实有点儿忐忑。因公染毒的证明，要求详细记录申请人的吸毒状况，从头儿到尾都不能落下。可这些事情，对于老雷来说，无异于永远插在他心口的匕首，刺进去，再也拔不出来。

我很难开口，只能艰难地吞咽着吐沫，折叠着膝上的纸张，拼命按着手里的笔盖。

“第一次吸那东西，就是在我抓黑哥的时候。那味儿怪极了，吸进去很难受，老想流泪打喷嚏，鼻子一直觉得不舒服。我当时心里就在想，就这玩意儿，还能上瘾？瞎掰呢吧！可事实证明，我错了。”

老雷的声音缓缓送进我的耳朵，我抬起头，看着他，可他的脸却隐没在香烟的烟雾中，再也看不清楚。

“第一次毒瘾上来，那已经是我归队执行一个凶杀案侦破的时候了。当时人是在河北，刚从局里出来，我就觉得浑身没劲儿，心里还寻思，莫非发烧了？可没走两步，人就有点儿歪歪倒倒了。当时同事还在身边，赶紧搀着我，我说没事儿，咱们赶紧回北京，我有点儿不太舒服，你把我送家里去。”

“同事开着车，走在高速上。我觉得自己每一根骨头都在疼。我催同事，你开快点儿啊！同事说，这已经算快的了。我急得不耐烦，浑身冷汗直冒，对他说，你把警报扯起来，快开！快开！”

“等终于挨到家，我身上的衣服已经湿透了。我噌一下就从车里窜出去了，假如把狮子饿上七八天，估计速度能和我一样。但我根本没回家，我就是在外边转悠，我老觉得自己想找什么东西，但就是找不着。”

“我下意识地走，一直走到一个线人家里，敲开门，问他还有那东西没？”

“这个时候，我才意识到，我毒瘾犯了。”

老雷叙述得很平淡，但是我却觉得他回忆起这些事情，就像在一点点切割自己的肉，痛彻心扉。

我问他，当时抽了吗？

老雷呼出一口烟，对我说：“抽了，第一个感觉，太舒服了，什么症状都消失了。”

“但是马上，心里揪了一下，然后就开始害怕。一个巨大的喊声充斥在耳朵里，完了！”

“第二天我请了假，请了一个长假。然后我把家里老老少少全都喊了过来，对他们说，我因为破案染上毒瘾了。我让爱人，儿子，哥哥，还有我爸，四个人轮流看着我，我要戒毒。二十天，我犯了三次毒瘾，难受得在地上打滚，谁都按不住。于是我让人把我绑在床上，绑死了，就这么熬了过去。”

“当时我心想，行，我能戒掉！我还能继续当警察！”

老雷叙述着自己第一次戒毒的经历，他觉得自己不再害怕，又回到了卧底管理线人的工作中。可是在那样的工作环境里，经常碰到瘾君子和毒贩，他们吸食毒品的时候，老雷就在一旁。

很快，他再次吸上了。

老雷所从事的工作太过特殊，离不开那个圈子，就永远戒不了毒瘾。所以他开始陷入一个怪圈，吸毒戒毒再吸再戒，循环往复，年复一年。这样的状况一直持续到2001年，因为吸毒过量，他胃贲门破裂，开始不停吐血。上医院前几乎吐了半塑料袋血，入院后又吐了三回，一个晚上医院下了三回病危通知，输血没断过。可当时老雷的儿子边哭边笑，对他说："爸，这下医院把你全身的血都换了，你这次戒毒一定能成！"

老雷吸毒的事情再也瞒不住了，局里很快就知道了消息，老雷出院以后，单位就把他调离了特勤的岗位。这个时候老雷的身子已经彻底垮掉了，到了年底，因为局里实行末位淘汰，老雷彻底离开了一线，被调到了冷清的办公室工作。

"临走的时候，整个大队的人都来送我，我的老上级，我的老部下，几十个人找了一个大包厢，要了满满一大桌子的菜。我说，太浪费了，再说我现在也请不起大家了。"

"他们说，没事儿，雷队，这是大家伙儿的心意。以后再也不能一起共事了。"

"我们坐下来吃饭，喝酒。谁都说不出来话，我也说不出来，我这个人嘴笨，我心里难受，可我说不出来。"

"到最后，大家伙儿都和我拥抱，和我关系好的一个兄弟对我说，老雷，你他妈的可要加油啊！"

"那天晚上北京小雨，从饭店出来，我没让他们送。我一个人，走在雨里，我记得清楚，旁边商店正好放的是臧天朔的《朋友》。"

"我哭了。"

“我想戒毒。”老雷看着我认真地说。

我点头说，我明白。

“这么多年了，我来来回回去了戒毒所一百多次。可是我始终没有把毒戒下来！太难了！我调去坐办公室，和我一起工作的同事其实都知道我吸毒，他们都对我客客气气的，可是私下也议论。”

“可他们不知道我是怎么染上毒瘾的！我是个警察，我是为了破案染上毒瘾的！有时候我真想在单位大声喊出来。”

我和老雷正说着话，听见门响。老雷站起身往外走，我看到一个二十多岁的年轻人提着菜走进来。老雷对我说，这是他儿子，我点点头打了个招呼。年轻人笑笑，把菜放进厨房，然后走进自己房间，关上了门。

“我和他的关系不好。”老雷苦笑着说。

“他小时候，我满脑子想的都是破案立功，整天忙得不着家。孩子全是扔给老婆还有他爷爷奶奶。而且那时候我是管理特勤，也就是干卧底，还不能和他们说自己到底在干什么。那时候我挺傻的，一直觉得自己会牺牲在工作岗位上，所以刻意回避和儿子交流感情。他想吃什么想玩儿什么都满足，但我不和他说话。”

“没想到自己没牺牲，反而成了现在这个样子。”

“我想过自杀。那时候自己站在这栋楼的顶楼平台，家里放好遗书。我对自己说，打完最后一针，趁着毒品的劲儿，就这么跳下去。可是被家人发现，把我救下来了。”

我安静地听着老雷的叙述，身心俱疲的老雷选择了内退。和他同一批进去的警察，现在大多成了所长局长，而他却因为吸毒的原因，成了个废人。断断续续，反反复复，老雷从家到戒毒所折腾了六七年。直到2011年，他的人生再次发生了巨大转变。

他曾经管理的线人，因为立功心切，选择拿老雷开刀。那个线人谎称想交易毒品，问老雷有没有货。老雷信以为真，带着毒品前去接头，正好被曾经的同事逮了个正着。在看守所里，看管把脚镣递给他，玩笑似的问他，会带么？老雷说，自己给别人带这玩意儿十几年，怎么不会？哐啷啷的在走廊里向前走，他看着瓷砖倒映出的自己的影子，恍如隔世。

老雷被判有期徒刑一年。

"我是21号出狱，那天是我生日。"

"我爸知道我要出狱了，从早上七点就在看守所外面等着，一直到晚上六点。"

"见了面，我爸就说了一句，回来了，儿子？"

"我不知道该怎么回答他。"

老雷指着房间说："你瞧瞧，整个家都被我败完了，所有东西都卖了给我吸毒戒毒。所以，小戴，我就指望着你能帮我把证明弄成，这样每个月单位能多发我两千块钱，好歹改善一下家庭状况，后续戒毒也有资金。"

我连忙点头，对他说，您放心，我一定尽力。

"不过我还留着点儿宝贝。"

说到这儿，他有些兴奋地从床上跳下来，谈话快两个小时了，这是我第一次在他眼中看到快乐的神色。老雷拉开自己的衣柜，指着里面的衣服对我说："全是警服，从发的第一套到我退休前那一套，我全都留着。"

"我呀，其实满脑子还想着破案，还想当警察，有时候做梦还能梦见原来出队侦查的事情。一闭眼，就和昨天的事儿一样。"

"但是身体不行啦。"老雷惋惜地说，他把自己的袖子卷起来，给我看。

"全是伤疤，都是干特勤的时候弄得。我平常都尽量穿长袖，怕被别人看见，把我当作坏人。"

我看着这个头发花白，已经五十的男人。

他的嘴唇干裂，双眼无神，手臂上满是伤疤。我很难再把这样的老雷和律所领导口中的老雷联系在一起。他曾经为了一个小姑娘，腿上插着匕首，淌着血，追捕犯人。他曾经深入虎穴，面不改色地和牛鬼蛇神打交道，侦破了大案。可是他现在，却成了这样。

我忍不住问他："老雷，不后悔吗？"

老雷听到我的问题，微微张了张嘴，却没有说话。

我说："老雷，为了破案，成了现在这样，你不后悔吗？"

老雷从口袋里又把烟摸出来，也递给我一支，然后缓慢地说："我到现在还记得成为警察第一天，对自己怎么说的。"

"我要成为一个英雄。"

"可是我现在发现，当英雄太难了。"

“我不是英雄，我是狗熊。”

老雷要留我吃午饭，我拒绝了。接下来的半个月，我辗转公安局医院戒毒所，终于帮老雷把证明办了下来。从那以后，我没有再和老雷联系。

今年过年，到了大年初二那一天，我突然想起了老雷。

在帮他跑证明的时候，我去了戒毒所，当我提到老雷这个人的时候，里面的医护人员都有很深的印象。

一个医生问我，那人原来是不是警察？

我说是。

医生说，怪不得呢，这人啊，每次大年初二都不在家过年，非要来我们戒毒所。我们问他为什么，他说怕毒瘾上来了，看不成公安部的春晚。我们就给他打上点滴，他一个人坐个小板凳，到电视机前看。边看边哭。我们问他，大过年的怎么哭上了。他还不太好意思，骗我们说，太感动了，高兴。

原来和他聊天，他其实早就坦白了，他希望自己有一天，能再以警察的身份站在那个舞台上。

2014年，各部委的春晚都停办了，那么现在老雷在哪儿呢？

晚上九点多钟，我给他打了个电话。那边电话接了，老雷问我，谁呀？

我说，我是小戴。

老雷对我说，过年好，忙什么呢？

我说突然想到您了，打个电话来问问，您现在干吗呢？

老雷说，在KTV，我记得我那会儿歌厅叫卡拉ok来着，没几年怎么换这么个名字了。我和老婆孩子爸妈一起，我儿子非说过年了，咱也玩儿一手跟时代的，唱唱歌。不过我也不会唱啊！

我突然萌发了一个想法，就对老雷说，老雷，我想把你的故事写出来，你看成吗？

他想了想说，行，平铺直叙就成，就说大白话，咱们怎么说怎么做，都按实际来，千万别搞什么艺术加工。

我说，您也太看得起我了，我没什么创作的才华。

老雷乐了。

他咳嗽两声，突然对我说："小戴，还记得你问的最后一个问题吗？我觉得我有答案了。"

我说，什么问题？

老雷没再继续说这个，岔开对我说："刚我儿子要为我点歌，我说我就会唱《便衣警察》的主题曲。小戴，你知道这歌吗？"

我说我知道。

"那太好了，我先在你这儿练练啊，免得到时候露怯，有唱的不对的地方，你可得提醒我。"

老雷的声音很低沉，还略略有些跑调，可是我听着，却流了眼泪。

"几度风雨几度春秋，

风霜雪雨搏激流。

历尽苦难痴心不改，

少年壮志不言愁！"

搓澡

Cuozao

人总是会恍然间领悟到自己曾经错失的幸福，小时候去女澡堂洗澡，意识不到那是什么地方，等明白那是什么地方的时候，已经不能去女澡堂洗澡了。

敬腾不在，晴空无雨，天大旱，人亦大汗。

我猫在家里，打肥皂，搓洗液，等浑身都冒泡的时候，再一拧水龙头，停水了。于是有种一个人吃面，刚没吃几口就被红油辣到眼睛，去厕所里冲洗，一转身儿服务员就把面碗儿给收了的孤独。

百无聊赖，一边等着水来，一边瞎琢磨自己正在干的这事儿，神经发散的人都有这毛病，搁哪儿想哪儿，路上捡着一分钱，走路踩着狗屎，都能攒成一篇文章。

洗澡是个广而概之的大词儿，说白了只要是拿水洗身，都能用这称呼。只不过因为方式不同，叫法儿也略有区别。

冷水热水往浴缸一兑，香精花瓣儿一撒，人往里一躺，这就叫泡澡，舒心解乏，还洗得干净，唯一麻烦的就是水得勤快着换。

踢完球跑完步，大汗淋漓，花洒一开哗啦啦凉水浇头，这叫冲澡，也叫冲凉儿，不在乎到底洗没洗净，求的就是个爽快。

至于搓澡，说起来就显得有些特立独行了。不单单是一人的活计，擦背抹身搓灰洗泥，讲究的是协调搭配，一人享受必有一人受累，洗的人享受，搓的人受累。但享受的前提是，负责搓的那位师傅手艺得精，要不然享受不成，反而成遭罪了。

转念想想，二十年前，我就遭过这罪。

彼时我还住在纺机厂大院儿的筒子楼里。

那是1958年建成的老厂，和隔壁的棉纺厂一起，属于工业地段特有的工作家属双区。工人工厂，老师学校，孩子大人，混居在一起；小卖部副食店，早点摊理发馆，烟酒行澡堂子，杂糅成一块儿，弥漫着上个世纪特有的生活气息。

当时我们家住的说是单位分房的宿舍，其实就是旧厂房改建的，压根儿没往便民舒适上考虑，俩大人加一孩子挤在四十平方米不到的小窝里，没厕所没厨房没浴室，干什么都得去公共的地方。

搓澡，也得去公共大澡堂。

我廖天野地东跑西颠一幣天，成了泥猴儿，一到晚上，我娘她老人家下班，就把我擒住，押往“刑场”。公共澡堂就是受刑地，监斩官就是我娘。

倒提葱式手法，托着我两小腿儿就起来了，死拖硬拽往澡堂里拉，还是往女澡堂拉。

那时候年岁还小，下半身发育不成熟，一起沐浴的姐姐阿姨也不避嫌，反而跟着我妈一起，帮着给我捯饬，她们辅助，主要还是我娘操刀。

我娘她老人家搓澡技术极其粗俗，一味追求大力出奇迹，像是我天生就带着泥点子出生似的，非得把我全身都搓得通红才肯罢休。

我估计她应该用的是“乌蒙磅礴走泥丸”的搓澡手法。

她越狠搓，我就越反抗，随之而来的是更加雄浑的力道，这种类似自由搏击的搓澡，我到现在还记忆犹新，后来随着搬家和年岁增长，再也没机会体验了。

前些日子我喝醉酒了打车，司机问我去哪儿，我迷迷瞪瞪地把旧家的地址报了一遍。那司机估计是个一根筋，把车开到那一片残垣断壁的地方，想都没想就把我撂下了。

夜风吹拂，酒醉稍醒，攀着裸露的钢筋，踩着遍地的石块，环顾熟悉却又陌生的一切，于是感慨万千。

纺机厂没了，只剩下砖块碎瓦。

整个社会都在洗牌，覆巢之下无完卵。城市圈火速炸裂，拆迁搬离，旧楼房轰隆一声倒下，又噌噌地蹿起新的，计划经济下的老百姓不见了踪影，像是蒲公英的种子，散落天涯，而原有的焦土之上，市场经济的新宠正在茁壮成长。

我去过的女澡堂都瞧不见了，放眼望去，我甚至不记得它具体是在这片破败厂区的哪个位置了。

人总是会恍然间领悟到自己曾经错失的幸福，小时候去女澡堂洗澡，意识不到那是什么地方，等明白那是什么地方的时候，已经不能去女澡堂洗澡了。

心里有点儿马不停蹄的忧伤。

我妈的搓澡技术自然不能与澡堂子里的搓澡师傅相提并论，这就跟家庭小炒比不上酒店师傅的烹饪一样，必然是人家更专业。别瞧着自己这边舍得用水，下得了力气，可搓澡师傅有手法，哪儿轻哪儿重，按挤抹压挑搓，都有讲究。

搓澡这事儿，据说跟武术一样，也有传承和派别。历史上，搓澡手法有南北之说，南派主要集中在淮扬一代，鼎盛于明清时期，后来虽然逐渐衰败，但从民国十里洋场起，又有起色，到了现代改革开放以后，人们又开始追求享受，终又盛行。这南派的技术讲求的是“四轻四重四周道”：轻者，喉乳肋小腿；重者，背膀臀大腿；周到者，手夹脚丫腿根腋下。以掌搓、鱼际、指搓三大手法为主要施展，要是女技师使来，浑不知要迷倒多少英雄好汉。

当然，所谓南派搓澡，我只是耳听，自己并没有亲身见识过。

真要论起来，我见得最多的还是北方式样的搓澡。但要谈自己的感受，好像没觉着有什么绝技，都是在澡堂子里先用水洗了身子，然后坐在小板凳上，师傅先伸二指，分列头部两侧，缓缓按下，再伸余下几指，分按要穴。除此之外，无非是按部就班的，脖子膀子后背，再无其他稀奇。

不过我对北派搓澡技术的轻描淡写一带而过，遭到了我爹的严厉批评。

他说我是没赶上搓澡业发展的黄金时间，现在家家户户都有热水器，去澡堂子的人越来越少，里面的师傅也不会正经东西，都是糊弄人的。

上个世纪80年代末到90年代初，那才是澡堂子里搓澡高手扎堆儿的时代。他提到自己二十多年前回涿州老家探亲，被亲戚带到一家洗澡堂子里，真真正正感受了一回搓澡的艺术。

一般澡堂子起名大多和水有关，什么碧波池、南海浴所……差不多都是这样一个腔调。但涿州这家并不，而是简单仨字儿“搓澡唐”，拿一铜色板子蘸着调色刷了，就这么悬在澡堂门口。既是主人的名号，这唐又和“堂”谐音，通俗易懂。

任何行当但凡干出了名堂，老板的名字自然就忘了，全拿职业代替，泥人张烤肉季布鞋刘，还有这个搓澡唐，都是如此。有这仨字儿在，就是信誉的保证。

听长居当地的亲戚介绍，这家店主，祖上就是干搓澡一行。

民国年间，这搓澡唐就已经在涿州开张了。老唐本是天津码头跑活儿的伙计，等到了而立之年，就从船帮退下，想着过正经营生，他琢磨自己还有把子力气，心想干脆就开个澡堂吧。他跟着船帮走南闯北这么多年，既见识过京津的磅礴大气，也感受过扬州这样的温婉贤淑，两者融会贯通，自然有了妙手。甫一开张，客便如过江之鲫，人们都夸搓澡唐的手艺人间没有，弹捶按点刺揉蹭，一趟套路使下来，能让人千百毛孔都开了，这搓澡唐哪儿是搓澡啊，那活似个神仙手！一时间，涿州出了个搓澡唐的消息漫天飞，无论是北上的巨富还是南下的豪客，大多要在涿州停留，感受一下搓澡唐的手艺。老唐乐开了花，扩店招人，手把手教徒弟，生意是越来越红火。

但好景不长，日本人骑着大马进了华北。

生意萧条还是其次，关键是这条小命还不一定保得住。老唐也战战兢兢，闭了门户，反正之前挣了不少，至少饿不死，想着等形势好点儿了，再开张也不迟。

这时局，慢慢熬吧！

搓澡唐想得很好，世事却不尽如人意。1943年底，日本兵拿枪托砸开了他家的门，“请”他走一趟，“太君”要让搓澡唐给伺候着搓搓背。

老唐听了这话，浑身打了一哆嗦，他挤出笑脸央求日本兵给他点儿时间跟家人交代几句。等他扭脸进了里屋，老婆孩子早已哭成一团，老唐却镇定地说，这一去估计就回不来了，咱们家东面炕下埋着些东西，除了钱财还有一本书，上面记着这么些年学会的搓澡手法，以后孩子要是大了，想学就学，不想学就烧了。

三言两语说完，搓澡唐洒脱出门而去，从此再没回来。

后来涿州城里谣传，搓澡唐的手艺太好，日本人直接把他扣押下来，到鬼子兵败的时候，带到日本去了。也有人说，最后没把老唐带走，鬼子逃跑的时候，一枪给他崩了。

人们以为这搓澡唐就这么完了！

谁曾想，时隔数十年后，搓澡唐的孙子又在涿州城开了一家搓澡堂子，挂的还是原来的老招牌。

有健在的老人听说搓澡唐又开张了，于是匆匆赶去，想瞧瞧是不是原来的“神仙手”。半晌后，老人悠悠然走回来，家人笑着问，还有那么神吗？老爷子不答话，猛灌一口烧酒，清冽酒水滴在花白胡子上，炎炎夏日，半躺阴凉竹椅上，终于吐出两个字：神了！

我爹也是被家里的老人带去搓澡的，听他言语，这搓澡唐确实有非凡之处，拿手掌心置于皮肤上，四指紧贴皮肤，以掌心为轴，分为两侧转动打圈揉搓。

只用单掌，就能把身上带骨节的地方，像什么肘部、手腕部凸起、膝部、脚腕、肩头全都蹭得干干净净。

之后再伸双掌，右手用力挺成平面置于皮肤之上，掌心平面用力，左手搭在右手手背处，施力压住右手，左右、上下来回推拉，动作平、直、慢、重。

皮松肉颤骨酥，当得起“舒坦”二字。

不过那店现在也没了，我爸感叹道。

我问他为什么。

我爸说，那人死啦！具体原因也不清楚，但江湖传言说是1990年的时候，一个混黑道的大哥点名让搓澡唐给他搓背，搓澡唐使出浑身解数，大哥颇为舒适，给了他不少钱。可大哥回去找扒蒜老妹儿睡觉的时候，妹子却吃吃地笑，大哥问她笑什么，老妹儿说，大哥你的文身都没啦！

大哥一听，对着镜子一瞅，嘿，好么，文身都给我当滋泥儿给搓没了，搓澡唐这王八蛋！

于是当天晚上，带着兄弟把搓澡唐绑上车，直接灭了。

“不过都是老百姓添油加醋把搓澡唐的技术吹到天上去了，文身还能搓掉？”我爸补充道，“有一个解释我觉得挺靠谱的，说是黑社会看上搓澡唐他们的店面了，想拿下来，结果搓澡唐不干，所以才给他办了。”

搓澡唐的故事，听得我悠然神往，2011年，我专门去涿州城里找我爸所说的搓澡唐旧址，但影儿都没瞧见，那里早已经有了新的建筑，灯火辉煌的洗浴中心拔地而起，一溜小彩灯把招牌照得亮眼，门口站着的全是裙叉开到大腿的姑娘，听说里面还有俄罗斯小姐伺候着“搓澡”。

我没敢往里迈。

搓澡唐终于还是完了，能耐人终究是死在了能耐上。

这世上不止一个搓澡唐，说不定还有什么搓澡刘搓澡王，可他们当中的大多数都消失在时间里了。生活在变，生活方式也在变，大大小小的澡堂终于难觅踪影，洗浴中心和闪着粉红小灯的按摩店成了大众消费的主力军。

真正留存下来的澡堂，反而是在大学里。

传统的北方宽阔大房，像是路灯一样排列整齐的花洒龙头，没有隔间，没有门帘，所有人都得接受其他人的审视。汉子们随意评价着对方胯下之物，一墙之隔的姑娘们则小心地盯着对方胸部，比较着大小（我没瞧过，我就这么一猜）。

上大学的时候，听说有南方同学头一回见到这阵仗，吓得半天没敢脱衣服，后来还听闻有人干脆穿着泳衣泳裤洗澡。其实我一点儿也不意外，习惯了自家的单间，习惯了带门闩的浴室，就这么赤身裸体暴露在人前，换谁都不习惯。

华北平原的澡堂子确实透着股无与伦比的低端生猛。

后来搬了新校区，环境总算好了些，每层宿舍楼的盥洗室里都带浴室，里面有七八个喷头，插卡计费。就是价格太贵，随随便便洗十分钟，就得四五块钱，为了节约为数不多的金钱，只得事先打好洗发水和沐浴露，等准备妥当了再冲进去奋勇杀敌，战斗之惨烈时间之宝贵可见一斑。

不过人民群众的智慧是无穷的，我的兄弟高睿，一个自幼爱好手工的天津泰达“死忠”，偏偏不信这个邪，哪怕还没供水，他也搬着小板凳坐在浴室里，眼睛一眨不眨地盯着花洒，盯着计价器上跳动的小红点儿。

有人问我，丫是不是魔怔了？

我说，不对，我觉着他现在有点儿爱迪生发明电灯泡的劲儿，天才在常人看来，总像是疯子。

一个夜黑风高的晚上，高睿拿着螺丝刀在整个楼层里飞奔，唱着《北京喜讯到边塞》，冲进每一个宿舍，大声喊道：“跟我来，到浴室！”

很有些姜文电影《让子弹飞》里“枪在手，跟我走”的气势。

人们跟随着，黑压压的人头涌进了浴室，高睿同志左脚踩在板凳上，右手拿着截成半拉的可乐瓶子。

“花洒能拆下来！一旦拆了，只要拧开关就能出水，不用计价器！介尼玛再把可乐瓶子装上去，就和洗淋浴一样！”

夜，八点，喷涌的热水从可乐瓶子里倾泻而出。

人民群众喜极而泣，“无产阶级”再一次用自己的力量战胜了万恶的“资本主义”。

这只是高睿同志改造浴室的第一步，在随后的几天，他不知道从哪儿找来了几条长凳，也搁在了盥洗室里，还有水桶、小刷子、长短毛巾，总之，外头澡堂子里该有的，丫全给备齐了。

等下次再去洗澡的时候，就瞅见一个光着腚的汉子躺在长条椅上，高睿同志正在他身上卖力地“工作”。（这画面太美，我不敢看）

定睛一瞧，他拿着搓澡巾正在给别人搓背。不少南方的同学不知道搓澡巾是个什么玩意儿，其实就是一巴掌大的口袋状物体，表面粗糙，和毛巾差不多，在最底下有一个开口，能把手伸进去，跟手套差不多，高睿就是在用这东西。

高睿瞧是我进来了，对我说：“待会儿，你先等等，搓完他，还有一位。”

得！

丫真成搓澡师傅了。

从此以后，大学的浴室真真正正成了人民群众的澡堂子，大家都是统一的搓澡配置——白背心儿，大裤衩儿，拿着搓澡巾，趿着趿拉板儿。大家你搓搓我，我搓搓你，聊着足球篮球，谈着姑娘美女，骂着老师学校，不亦乐乎。

这中间宿管大叔还来查过一次浴室，推门就瞧见洗澡的东西不对劲儿了，他指着我们说："我还纳闷儿你们这群兔崽子怎么这么不爱干净，这计价器都一个月没走字儿了，闹半天是被你们改造了啊！"

但这事儿最后还是不了了之，据说是因为高睿给宿管搓了几次澡。

这样的生活持续了两年。

再后来，也是这个时候，六月，浴室里的人渐渐少了。

毕业最后关头，离校的，找工作的，考研的，该走的也都走了。剩下为数不多的汉子们，也再没了往日里聊天的劲头儿，告别了种子快播无码电影，而是忧心忡忡地谈论起以后的出路和未来的生活。

毕业那天，大家在新派北京菜聚餐，我们都喝大了。夏季的北京，风和大老爷们的汗一样粘稠，短袖和短裤都贴在身上，但所有人都浑然不觉，仰着脖子，生干猛喝。

喝多了，吐，昏天黑地。

抱着每个宿舍里的兄弟痛哭，啪啪拍着高睿的后背，说王八蛋，你丫不要忘了我。

他说不会。

互相搀扶着，踉踉跄跄撞进浴室里，大家相互瞅瞅彼此的丑态，哈哈大笑。拧开水，拿着搓澡巾，大好儿郎就该如此坦然相待。

坐在长条凳上，高睿轻声说："兄弟，以后不知道还能不能再见了，我再为你搓一次澡。"

我读黄维的书，看到他写自己在战犯管理所遇到了方靖。黄维是个刺头儿，不服管教，也不积极改造思想，方靖见了他，不敢打招呼。只是一起在澡堂里的时候，方靖默默走到黄维跟前，拿着毛巾，帮着黄维搓背。

没人说话，但是老黄泪如泉涌。

当时看到这段，我不理解，就以为是败军之将丧家之犬互相见了，所以徒增悲伤。

直到后来经历考研实习，撞了无数南墙，碰得头破血流，终于又在一个晚上喝成傻逼，回到家打开花洒洗澡。迷糊之间，我说，兄弟，帮我搓个背。

可再没人答应了。

突然打了个激灵，那些一起生活，一起吃住，一起学习的兄弟，已经离开了。

黄维为什么哭，我大概也明白了，落魄时候，袍泽兄弟帮着擦擦背，这辈子值得为这事儿流点儿猫尿。

身上的泡沫都快自动风干了，我又试试水龙头，水来了。

我想再看一看我的小伙伴，我想回到那间浴室里。

我想让他们再帮我搓次澡。

我想帮他们再搓次澡。

书店故事

Shudiangushi

木柜上总摆着厚牛皮纸做封面的本子，老板一笔一划在上面写，等过一会儿，挠挠头，想想，再继续。

写故事的笔是旧笔，墨水浑浊，留下故事的纸是旧纸，凹凸不平。

只有老板的手指好看，修长白皙，像是十指都在持剑。

推门而入，腐纸浓墨尘灰扑面。

书架满满的排在不大的房间里，通透两室，窗户从一侧的墙上打通，淡绿色的玻璃，像京城旧房上的琉璃瓦。

靠着墙边，摆着两个鱼缸。

不是金鱼，是大黑鲤，长须如龙，墨鳞如蛇，隐在幽绿的水草里。

前台是个木柜，拿红漆涂了，但该是年月渐久，从下往上有了裂痕，如同人的掌纹。柜子正中贴着告示，写着租书的价格，还书的时间。字不是打印，是手写，笔锋冷硬，像刀砍斧凿。

顶上挂着电视，这可能是书店里唯一显得现代点儿的东西，但并不突兀，或许是因为它太旧了，旧的像是从墓里倒腾出来的玩意儿。电视总是开着，不放新闻，不放歌曲，专放武侠，金庸古龙，电影连续剧。

用旧碟片。

有时候碟片划伤，卡了一帧，人物如同要从电视里跳出来，落在这个本没有故事的世界里。

屋里客人仅我一人。

至于老板，他就坐在电视的底下，木柜的后面。

他不抬头看影像，就是听声音，听刀剑碰撞，听人声马嘶，听黄沙漫漫，听万里独行。

木柜上总摆着厚牛皮纸做封面的本子，老板一笔一划在上面写，等过一会儿，挠挠头，想想，再继续。

写故事的笔是旧笔，墨水浑浊，留下故事的纸是旧纸，凹凸不平。

只有老板的手指好看，修长白皙，像是十指都在持剑。

老板爱讲故事，有时候有小孩儿拿来三两块糖给他，他也用心说出童话来，一块糖说一段。

他也给我讲过故事，我拿苹果换来的。

说的是少年出身名门，本该是天生富贵，但父母遭敌手陷害，死于非命。少年离家入世，习得一身武艺，成为武林高手。然后漂泊江湖，找寻仇家。

等斩下仇敌头颅，却又被人告知，你父母当年看似名门，实际男盗女娼，这人是为报仇才灭你满门，而如今你又杀他，这仇怎么解？

我问老板，这故事收录在你所写的书里么？

老板摇头，说不是。

这书里都是真人真事，想要听，就得拿好故事来换，拿真故事来换。

一个人只能换一次。

以物换物，天经地义。

但我未曾见识过故事换故事。

老板问我愿不愿换，我点头同意。

老板笑起来，说为表诚意，由主人家先开口。

他从柜台起身，缓缓踱步，走到鱼缸前。手指轻轻搭在边沿，像是一座拱桥。

鲤鱼一跃而起，尾垂水面，腾空翻身，在他手指上飞过，如跃龙门。

（一）鲤鱼

高中同学聚会，灌多了酒。

七月底，燥热难耐，熟悉的几个同学嚷嚷着一起出去走走，要到河堤去，那里凉快。

说走走，其实还是去吃，所谓的同学聚会，无非是比拼大会，不如意的瞧着如意的眼红，混得好的显摆自己的牛逼之处，氛围在这儿，只能闷头喝酒，菜是半点儿吃不进去的。

只有和相熟的几个人在一起，才真正能放开。

在河堤上找了家露天的烧烤摊，几个人买好食物，沿着河堤坐下，脱了鞋，脚泡在水里，凉意浸透了身子，舒服。

有人喝浑了性子，说要下水游泳，然后就开始脱衣服。一旁赶紧有人抱住他，说你喝多了，还记得游啊！

那位嚷嚷着说，游泳只要学会一次，就是本能，老子这身本事是李鱼教的，扎下去三分钟不用起身换气。

拖住他的人也喊着：李鱼教的怎么了？李鱼那是水生水长，还他妈不是淹死在水里。

这话一出，大家谁都不说话了，连之前说要下水的也默默地站了回来。

忽然听见面前的水里扑通一声响。

一尾大黑鲤腾空而起，溅起水花来。

“我说，哥儿几个，这别不是李鱼显灵了嘿！”有人低声道。

我把身边的酒瓶拿起来，瓶口朝下，白酒咕嘟嘟洒在水里。

“李鱼，你也喝点儿吧！”

十六年前，我并不在北京。

那时候因为父亲去世，不得已寄宿在外地亲戚家中。

居住地是座古城，一江横亘，地分两半，江水滔滔，上衔白河，下流长江，水势豪壮。像我们这种北方孩子，很少有机会瞧见真正的大江大河。

亲戚是个好心人，千里迢迢从北京领了我过去，在当地的学校报了名。因为距离开学还有段时间，于是又专程带我在城市里转了转，顺便去瞧了瞧江景。

江面很宽，江水远看过去是碧绿的，走近了却发现极清，虽然岸边长着些当地称为“绿萍子”的东西，可并不脏。

正值夏天，不少人在江边，有的是散步纳凉，有的是下水游泳。

有几个孩子吸引了我的注意力，他们不是沿着江边修好的台阶下水，而是跑远了，站在高处，直接抱着膝盖往下跳。

大声叫一嗓子，然后坠入水里，像是小炮弹钻了进去。

胆儿大得惊人。

其中有一个孩子，皮肤黝黑，沾上了水以后，再由太阳一晒，真是活脱脱跟身上长了层鱼鳞似的。瞧着他游泳，简直是种享受，当地人把游泳的“泳”字读作“韵”的音，要说起来，这孩子游泳还真有股韵律的感觉。

他游的不是常见的自由泳、蛙泳，更不是狗刨，那动作说不出来的舒展，看上去不是他在划水，而是水托着他。

这景象让我这北方土生土长的旱鸭子瞧了，真是心生惆怅。

亲戚家离着江边不远，有空我常去转转，但凡我往江边走，就一定能瞧见那游水的小子。没曾想，开学以后，我俩照样能打照面儿。

开学第一天，我当着全班同学的面做了自我介绍，老师安排我搬了桌子找位儿坐下。

我瞧了眼坐我后排的人，正好是我在江边见着的那小子。

我是新来，想着应该先说话，刚想打声招呼。

他却抢着开了口。

“嘿，老乡！”

后来仔细聊聊，才知道这位是河北人，小时候在白洋淀长大，后来跟着父亲到了这里讨生活，开始也是投奔亲戚，后来扎下根儿了。

我对他说，你游泳的功夫太棒，我不会，只有羡慕的份儿。

他笑着说，想学？我教你啊！

说实话，我应该感谢他，这是个典型北方性格的孩子，能说善侃，经由他的介绍，我很快融入了学校环境，也认识不少新朋友。但我平常和他在一起玩儿的机会却并不多，因为他住在船上。

我去过他的家，就是那条船。

两层，底层是货仓，上层是住家儿，吃喝拉撒都在那儿。

他爸以捕鱼为生，原来在白洋淀就这样，一条船，一张网，就能活。等到了这边，虽然地方不同，但手艺相通，等做的好了些，又开始从事鱼货的批发买卖。

说起来这小子的爸也是个有意思的人，河北口音极重，谢顶，像条胖头鱼，张口闭口就是：这小子，跟他妈鱼一样！

也许是因为打鱼为生，再加上小子他爸说，这小子刚出生就全身黑不溜秋，滑了吧唧，跟条黑鲤鱼似的。

所以他爸给自己凫水如鱼的儿子起了个名字——李鱼。

李鱼游泳的功夫，连他爸都夸。

第一次去他家船上吃饭的时候，他爸妈用铁锅炖了个大鱼头，又拿白酒出来，说喝一点儿，边吃边喝，顺带着就讲起李鱼这小子来了。

说是李鱼七八岁的时候，刚搬到这儿不久，李鱼他爸带着他去河边洗澡。他爸先下去洗了，把李鱼托付给在岸上的朋友照看。

但那朋友是个马虎蛋，把这孩子放一边玩儿，自个儿又和其他人聊起天了。

聊着聊着，李鱼的爹上了岸，一瞧，孩子呢？

赶紧找找！

在水里呢！

七八岁的孩子，正闷头不吭声地往江心游。

他爸急得直跳脚，大声喊：小王八蛋，快给我游回来！

说着，也跳进江里。

李鱼本来自个儿游得好好的，他爸这一声喊吓了他一跳，顿时乱了方寸，头一歪，江水进了嘴巴和鼻子，这一下更慌了神儿，接连扑通，眼瞅着就要沉了。

他爸一瞧，赶紧又喊，别动别动！浮着！

这会水的人都知道，其实人只要不动，平躺着就能浮在水面上，但前提是不能慌，越慌越乱，越乱越沉。可说是这么说，李鱼当时还是个孩子，能明白这道理么！？

眼瞅着水咕嘟嘟冒泡，头顶都没进去了。

可没过几秒钟，跟打旋儿似的，李鱼“嘭”地一下从水里翻上来，然后直挺挺地躺在水面上了。

李鱼他爹手脚并用，夹着李鱼，拖到岸边。

抬手就是大嘴巴，抽得李鱼哇哇直哭。

连续收拾了半个小时，李鱼他爹的气才消，猛然想起之前沉水里的事儿，就问李鱼，当时不都沉水里了，怎么上来的？

李鱼哭着说，水里有旋儿，我往里一钻，就被扔起来了。

他爹点点头，说你是命大，你要知道，这淹死的都是会……正说着，突然一想：不对呀，我什么时候教过你游泳了？

李鱼抬着头，眼泪哗哗往下流。

“爸，我看着看着就看会了！”

李鱼他爹讲到这儿，笑得前仰后合，倒是李鱼自己不好意思起来。

于是，一个猛子扎进水里，半天才钻出来，手里捧着渔网，里面满是鱼虾。

李鱼，就冲这名字，也知道这小子跟鱼似的，一辈子要和水打交道。

要说他在水里的事儿，能说上三件大事儿，头一件是我亲眼所见，那是我们还在一起上学的时候，他闹出来的大阵仗。

城里码头虽多，但能称得上好的，却只有一个。

那码头底有台阶，上有看台，既能和姑娘从台阶处慢慢开始游，又能从高空跳水轰炸，所以对于年轻人来说，是绝好的去处。

但凡独一份儿的，都有地盘之争。

我们学校跟隔壁高中，一到放暑假，就要在江边干仗。普通打打闹闹也就罢了，这是真刀实枪的干，用塑料布包上鹅卵石，照着脑袋来一下，能出紫色的血包，体质稍微弱一些的，当场就有可能过去。

李鱼这种好水又好事儿的主，就是茬架的典型代表。

刚一开始放暑假，他就跑码头上蹲着，朝江里撒泡尿，大有此江是我尿，要想从这儿游，留下买路财的意思。关键是你撒尿好歹看着点儿啊，不过我估计他是成心的，那江里，隔壁学校的孩子正游着呢！

嘿，这一下捅了马蜂窝。

七八个人从水里钻出来，追着李鱼跑。

一个逃，一帮追，跑了有三四千米，李鱼沿着岸边一纵身，进江里去了！

追的人心想，天堂有路你不走，地狱无门你闯进来，好么，你以为就你会游泳？于是也跟着像下饺子一样进了江。

可他们不知道，这李鱼进了水里，那就是海阔凭鱼跃，连寻常点儿的鱼虾都不是他的对手，更别提灵长类了。

于是那群学生游着游着，筋疲力尽，游着游着，就往回掉头。

等上了岸，按人头数数，怎么少一个呀！

再一瞧，人在江里呢！伸着手要喊，一个浪来，立刻沉进去了。

这一下大家全慌了，叫大人的叫大人，打电话的打电话，可偏偏没一个人下水去救。其实这也不能怪他们，俗话说，下水九（救）人十个死。说的是两层意思，下水溺亡概率大，另外救人容易把自己个儿的命搭进去。因为这溺水的人，但凡身边有个东西，就要抱死，这是求生欲望，怨不得他。可救人的就倒霉了，这一抱，自己使不上劲儿，也跟着完蛋。

花开两朵，各表一枝。

话说这李鱼正头前游着呢，忽然听见身后嚷嚷，定睛一瞧，岸边大呼小叫有人溺水了。

此时此刻，他是离着最近的人。

怎么办?

救呗!

就瞧着本来慢悠悠向前的李鱼，一个鹞子翻身，突然折返回来。您要是问这水里怎么鹞子翻身，我当然不能，可李鱼能。

两臂舒展，像是两根笔直的浆，破开波浪，只是三两下就接近了。

要说李鱼，还是厉害，他不像不懂行的人，直接上手就救，而是专门绕到溺水者背后，先用腿顶起腰，再用胳膊肘撑起那人的胸腹，让他先喘上气儿。

等他不慌了，再用臂弯勾住脖子，往岸边游。

打电话找的救援还没来，李鱼就已经带着人上岸了。

紧急抢救，对嘴呼吸，那人长喘一口气儿，活了。

第二天，那学生和家长一起找到了学校。

要说也是没良心，李鱼救了人，那学生家长反倒觉得责任在李鱼身上：要不是追你小子，我儿子能下水吗？

据在场的老师事后描述，别看李鱼那小子平时跟大家嘻嘻哈哈，可那时候，脸沉得可怕。那家长张嘴就骂，李鱼憋着嗓子也吼了起来。

下水是小事儿吗！

那是要出人命的！

没想清楚就下水，没出事还好，真出事了，我能不救吗？您要是嫌我不该救，我再把他扔江里，您自个儿看他沉吧。

这一下，把那俩人臊得脸通红。

老师说，嘿，李鱼这小子，和水沾上边，就成了龙王！

这是我高中毕业前发生的事情，等我考回北京，渐渐就没了和这边的联系。后来发生的两件大事，都是从同学口中得知的。

李鱼高考完之后，没有去上学，而是接了他爸的活儿，从事渔业。

要我说，其实这也不错，因为按照李鱼的个性来说，除非他去当个游泳运动员，要不然什么都比不上江上生活好。

李鱼游水的本事，不知怎么了，越来越好，连他爸都说，这小子快成鱼精了。

除了那帮有事儿没事儿闲得无聊就找他下江的兄弟，还有不少听说他厉害专程找来的。比如有一次，来了一水产老板，也是李鱼他爸的老相识，他听说李鱼有能耐，于是专门求证。

他从船上拿出一条鲫鱼，在鱼身系上红丝带。

他撒手扔鱼，李鱼跳江捞鱼，要是能捞着，以后他给李鱼他爸出货，少百分之三十。

李鱼一听，行啊，你扔吧。

眼瞅着那鲫鱼“唰”的一声进水了，他自己一个跟头也窜了进去。

水面静了十来秒。

一条大鱼被猛地抛了上来。

正是系着丝带的那一条。

可李鱼呢？等了半天怎么还没瞧见？

背后脚步噔噔噔响，这小子不声不响从船尾爬上来了。

当然，这事儿传得邪乎，究竟李鱼是不是真捉到鱼了，我觉得夸张成分较大，可我接下来说的这事儿，倒确确实实是件真事儿。

凡大江大河，必有两样东西，一个是桥，一个是堤。

可这两样也有不太好的地方。

有桥则高，自杀的人多。

有堤则险，出激流出险滩。

李鱼掌了家里的船以后，就不再是岸边小打小闹的捕鱼了，得往水深的地方去。恰好在他刚开始捕鱼没多久，城里出了自杀的事儿，有一个小伙子因为感情问题想不开，跳江了。

家里人哭天抢地。

既然是跳江，那就在江里捞尸首呗。

反正有堤坝挡着，也不至于被冲到下游去。

关于这捞尸，得再解释几句，临江临河容易出事儿的地方，总有所谓的捞船，他们不是寻常捞鱼捞虾的渔夫，而是专门打捞尸体的。

这种人往往开价极黑，有好一点的，是捞着了再换钱，有的干脆漫天要价，先给十万，然后再说。

这小伙子的家人就碰上了这么一茬儿，属于黑上加黑的，明明已经通过定位，找到尸体了，却不打捞，而是就把船泊在水面上，不动。谁想捞都不行，先给二十万再说。

那家本来家庭条件就不怎么好，再加上儿子去世，这一下更是没了经济来源，要拿二十万才捞？那估计身子都被鱼虾吃没了。于是一家人只得在岸边哭天天不应，叫地地不灵。

李鱼正好听见了这事儿。

也没言语什么。

当天晚上，把船远远停了，自己划了一只小船，带着挂杆，捞绳，渔网，悄无声息地下了水。

第二天，家属发现尸体已经安安静静摆在岸上了。

李鱼分文没要。

有人夸李鱼胆子大，仗义，摸黑下水捞尸，这不是一般人敢干的。

但却有人说，这水里死的，是龙王爷要的人，李鱼敢捞，这是找死！这大概是被李鱼断财路的捞尸人所言。

可就连李鱼的老子也有意见，这事儿到底是积德还是缺德，还真不好说，但千万别再干第二回了。以后只打鱼，别再多管闲事。

遗憾的是这话李鱼很明显没听进去，要不然也没有最后这一茬儿。

李鱼在的城市和北方不同，到了秋冬，就是湿冷。

那冷像冰锥扎肉，钻心。

那时候本该歇渔，上岸休养生息了，可李鱼仗着水性好，专往堤坝开船，那儿水深浪急，还藏着大鱼。说起来也怪，这鱼就跟跃龙门一样，偏偏要往堤坝上冲，趁着风大，一个浪头就能翻过去。

那天大概是晚上七点半左右，李鱼吃完饭，准备捞最后一次夜鱼。

船摇摇晃晃准备过桥，李鱼鬼使神差地抬头看了一眼。

桥栏杆上坐着个人！

他怕自己看错了，赶忙把他爹也喊了出来，问，这人是不是要跳啊？

李鱼他爹一听这话，心里咯噔一下，赶忙说，儿子，这事儿咱可不管啊！

正说着，人从天而落，掉进水里了。

李鱼光着脚板，就往前冲。

李鱼他爹哎呀一声，伸手要攥他胳膊，可惜没攥住，李鱼还是进了水里。

过了十来分钟，李鱼抱着个女人，扔到了船上。

他已经冻得浑身哆嗦，嘴唇都发紫了。

女人呜呜地哭，嘴里叫着，孩子。

李鱼听了，咬着牙根，喊了一嗓子，我操你姥姥！

翻身又进了水里。

这一次，不像是李鱼上高中时披荆斩棘破风开浪，也不像是下水捞鱼悠然自得，更不像是夜晚潜水行侠仗义，李鱼的身子被浪裹着，只一下，就翻过堤。

再也没有露头。

李鱼的事儿，在当地的报纸上有报道。

给了个豆腐块，大概是说下水捞人不幸死亡，但大多数人都把目光集中在孩子身上，说孩子没救起来，真是可惜。

就连那带孩子一块儿跳水的女二百五，也就说声谢谢，再没出现过。

我听说这事儿，已经是三个月以后了，急匆匆回去，找到了李鱼的爹。

在他们家，也就是那条船上，他爹一边抽烟，一边指着李鱼的牌位给我看。

那牌位立在船上，随着波浪一晃一晃。

“那小子！我没抓住，身上滑溜得很。浪一打，就跃过去了。”李鱼他爹流着眼泪说，“跟他妈鱼一样！”

老板用手指轻轻抓起鱼食，丢入缸里。

黑鲤浮出水面，咬住，转瞬沉入水底。

我沉默半晌，小心翼翼问道：李鱼这人是真的吗？

话音刚落，我自己倒是恼了，写故事讲故事的人最怕听到这句，即兴创作还好，若是有人物原型的，此话一出，反倒是亵渎了。

老板听了也不生气，只是平淡地问我，怎么看李鱼这人。

我想了想，回答道："俗世奇人，游泳奇，性子也奇。但他是个好人，这个世道上，敢做好人的，都是侠客。"

老板笑了，说，你懂我。

正说着，前柜上方的电视突然发出一阵刺耳的吱吱声，屏幕画面人物动嘴动手，却再无声响传出，兴许又是哪里坏了。

老板皱着眉，拍拍电视。

我说，没事，这大概是个哑巴剑客，喉咙被仇敌所伤，又或者为自己所残。

老板扭头看我。

我说，你讲了个好人的故事，那我就讲个恶人吧。

（二）蛤蟆

第一次听到田蛤蟆这个名字，是从长辈口中。

我父亲那一圈的朋友，偶然聊起一桩90年代末的"黑事"，做这事的人，就是田蛤蟆。以实话论，我父亲记者出身，三教九流的朋友很多，田蛤蟆就是其中一个。

还是下九流。

90年代，气功骗子假药，这是市场坑蒙拐骗的主体。尤其是假药，有的忽悠着竟然就成了正规品牌，甚至敢光明正大在电台做起广告来了。我父亲所在的单位，也接过这样的广告单子。客户是一家做药磁鞋的，老板东北人，见谁都叫哥，称呼自己总是弟，碰面就握手拥抱，恨不得学老外在脸上“叭叭”亲两口。

当时药磁鞋老板找到我父亲，说是想做广告，可谈了谈，我爸觉得风险太大，婉拒了。

因为做这类药疗性质的产品，老板往往要请托儿演戏。就和现在咱们在电视上瞧见的一样，一个假教授忽悠着说产品好，然后观众席上冲出几个老年人，嚷嚷着这玩意儿神呐，我腰酸背痛腿抽筋儿这么多年，嘿，一用，好了！

电台没有大屏幕，是用广播渠道，但也可以如法炮制。

猫腻有二。

先找来一嗓音浑厚的中老年男人，自称老中医，某某大学中医院学医多少年，然后再说今儿广播免费坐诊，听众可以打来电话询问病情。

这听众电话是捣鬼的第二处，十个电话，至少有七个是串通好的，前五个串好词儿，说如何如何病症，医生也侃侃而谈，有名医风范，紧接着来俩电话，哭天抢地说要感谢医生，就是您这东西治好了我啊！最后三个电话，普通听众听见，嘿，还挺有用，打一下咨询电话，于是就上钩了。

说白了，就是骗！

我爸不愿意接，可耐不住其他人眼红。

因为这药磁鞋的老板广告费给得高。

那几年，还是五块钱掰成两份儿花的时候，一下子投二十万，做满六个月！

这边流水，那厢开花，台里其他人就把这茬儿应承下来了。

可接广告的人想不到，这老板能骗病人，难道就不敢骗你这电台吗？老板先是交了三万，说是定金，你做六个月，我再交其他。于是电台开始找素材，按照他们的要求搭演员，最后播出广告。

广告播了，时间到了，钱不交了。

去找老板，老板闭门不见，当初做广告前叫你大哥，现在二话不说，滚犊子吧！

患者也找到电台，这听你宣传买的药磁鞋，可是没用啊！

当初接广告的负责人好说歹说，终于在店里见了老板一面。

“那你告我去，反正你们是跟我合伙一起骗，你去！告我呀，连你一起逮！”

给这台里的编辑气的！

可还真没辙，要找了雷子，这事儿捅炸，估计自己饭碗也得丢。于是他四处求人，也求到了我爸这里。

我爸一听，就说，恶人还要恶人磨，我给你介绍一人，你去找他吧。

星期六的大中午，药磁鞋门店的敞口，来了位大汉。

黑衣黑裤，黑面黑须。

气定神闲站下，用手解开上衣扣子，手指从小腹开始上抬，直到大拇指一侧贴着胸口，单伸出一食指，这是北京老爷们儿典型的骂人方式，像是用手指从胸口往外掏词儿似的。我琢磨应该和声乐里的胸腔共鸣法有异曲同工之妙。

来的人正是田蛤蟆。

他身高七尺，相貌平平，但上体巨大，圆眼宽嘴粗喉，是个天生的大嗓门儿。就和荷花池子里蹦跶的蛤蟆一模一样。这田蛤蟆只要一开腔儿，那就是污言秽语，说来就来。有时候他张嘴骂人，你都忍不住叫好，因为他能给你骂出花儿来。能用评书腔骂姑奶奶，能用大鼓书唱八辈儿祖宗。

田蛤蟆站在这药磁鞋店门口，一张嘴，这可就不得了。

和天桥杂耍差不多，人山人海围得水泄不通。

药磁鞋店的员工一看，这还了得？仗着人多势众，就准备出来揪人，打的你丫闭嘴不就得了？

嘿，没曾想，刚冲出去，田蛤蟆跑了，双腿一蹦跶，眨眼就没影儿。

等员工回了店里，田蛤蟆不知道从哪儿溜出来了！

深吸一口，又骂开了。

再后来，店里干脆派了俩人站在门口，只要田蛤蟆出现，就拿下揍人。

这田蛤蟆干脆就站到街对面去了，反正嗓门儿大，遥遥一指：“诸位，那家店呐！你们听我说……”

得嘞，一连七天，生意全完了。

老板服软，主动找到台里，说我再给您七万，凑个整数，这事儿咱俩各退一步，拉倒得了。

此间事了，田蛤蟆独得五千。

生财之道，全在嘴上。

听人提起过田蛤蟆原来的经历，这人从小嗓门就大，按照单田芳老爷子讲评书的习惯，咱们得选用几段典型事例，表一表他这大嗓门的厉害。

首先是他出生的时候，田蛤蟆这人是棉纺厂的子弟，当时东院是医院，北院是住户。田蛤蟆的妈妈就在厂医院生的他，据说刚生出来的时候，他张嘴哭出声，满楼的人都能听见。

甚至与他还在北院家里等消息的爷爷，当时也浑身打一激灵。

“生了！是一小子！”

嘿，我听他们讲这段的时候，心里憋不住笑，北院家属区距离医院的直线距离有五公里，这田蛤蟆肺活量得有多大才能把他爷爷都给惊着。

但总之，是了解了他这嗓门，从小就大！

据同时代的人反映，其实田蛤蟆从小挺苦恼他自己这大嗓门的，就拿上课来说，其他孩子交头接耳没问题，反正压低声音，确实老师也不怎么管。

可他不一样啊！

“有吃的么？”

一声问出来，比老师讲课的声音还大。

考试做题，不会了想偷偷问问，努力憋着嗓子。

“第三题选什么？”

全考场人扭头去瞧。

他憋嗓子的声，已经相当于其他人铆足了劲儿嚎一气儿了。

学校有声乐老师听说了他的事儿，找来让唱唱歌，说是培养个男中音男高音什么的。

没曾想，听完以后，老师捂着耳朵，头摇得跟拨浪鼓似的，说这孩子嗓门儿确实大，说话跟自带扩音器一样，可要培养音乐家，还是算了，音质不行，劈叉了。

许是声音太大，掩盖了声音特质，和大智若愚一个道理。

这话听着，也不知是贬还是夸。

最后，老师还加了一句，这孩子一说话，就是满池子蛤蟆都比不过他。

说者无心，听者却都记住了。

一个诨号，田蛤蟆，从小就加在了他身上。

对于有特点的人来说，他的特质或许会吸引人们，比如激情，天分，努力，勇敢等等，可要是这份特质只是怪异的表现，那么人们只会远离，带着看怪物的心情去瞧，比如嗓门儿大。

田蛤蟆就是这样的人。

一个带着喜剧色彩的悲剧人物。

没有人愿意和他玩儿，因为他嗓门儿大。

从小被叫那样的外号，要搁我身上，我也难受。

没有朋友，自然孤僻，容易自暴自弃。

胡天胡地，不想上学，不是不想学，是因为不想被嘲笑。

田蛤蟆应该也努力过，他当过公交的报站员，做过电影院的报幕，甚至哭丧，他努力把自己的特长从坏处变成好处，他努力找和声音有关的工作。可是事实并不如意，因为哪怕是下乡给人家哭丧，也得声情并茂，不光是图嗓门儿大。

到最后，可能人们唯一能想到的就是操场集合，一群学生乌泱乌泱的时候，让他喊上一句：肃静！

没了。

田蛤蟆的剩余价值就这么多，人们所能想到的唯一正面影响就是这个。

这真是个悲伤的故事。

直到田蛤蟆有一次在餐馆吃饭，和人吵起来，嚷得全饭店人都跑了。

饭店经理捂着耳朵塞给他五百块钱，说您爱去哪儿去哪儿吧，求您别说了。

上帝为他关了门，却又开了一扇窗。

这比喻当然不恰当，可对于田蛤蟆来说，如同当头棒喝。

大家都不爱听我说话，那就掏钱让我闭嘴吧。

从此以后，田蛤蟆的道儿彻底走歪。

去打麻将的茶馆坐坐，站人背后猛喊一声：胡了！

吓得那位差点儿心脏病发作。

偷偷蹲牌窝门口，喊一嗓子，警察来了！

腾地整个屋子都炸了，哭爹喊娘抱头鼠窜，二楼哗啦啦声音响，有人直接从窗户跳下来，“哎哟”一声摔倒在地，腿都断了，还闷着头跑。

茶室老板苦着脸塞红包，爷，求您别喊。

整个街道，一连数家，跟收保护费似的。

某某饭店和邻居餐馆有矛盾，雇田蛤蟆骂上一通。

对面也学会了，高价再请田蛤蟆骂回去！

最后两边达成协议，绝不率先使用“大规模杀伤性武器”田蛤蟆。

但这样一来，也就意味着田蛤蟆开始进入姥姥不疼舅舅不爱的状态，就像他给电台做业务，去店面前骂人一样，是个丑角儿。大家一想起田蛤蟆，就会说，嗨，那就是个靠骂人吃饭的，混蛋，地痞，流氓……

这评价一直持续到田蛤蟆再也不能说话为止。

大概是2000年初，田蛤蟆接了一个在丰台骂街的活儿，委托这活儿的是一小区的业主，因为邻居老是大半夜开音箱，音量调最大，他屡屡上门投诉，邻居也不改变。后来听说了田蛤蟆得事儿，不得已花了一千大洋，祭出这尚方宝剑来，斩妖除魔。

对面也是个浑不吝的主儿，你要骂是么，行，爷等着。

田蛤蟆从早上九点开始骂起，邻居从开骂那一刻，开始打开音箱。

俩人战了一天，一直到晚上九点，整个小区的人都受不了了，“咣咣咣”砸门，逼着对面邻居关了音箱，又让田蛤蟆立马闭嘴，这才算了事儿。

这经历，田蛤蟆也少碰到，算是业内劲敌。

熬到大晚上的，他赶紧骑着电驴子回家。丰台在城南，严格来说部分地区已经接近我国郊区现状，那是2000年，不少地盘儿还没开发，常有刑事案件发生。都是荒地和野林，过了七点以后再走这条道，心里不自觉就得加快几分。

那天晚上，也不知道是有预感还是怎么的，田蛤蟆觉得自己嗓子一个劲儿发紧。

等行至朱家坟一带，风声呜咽，还似有人声。

田蛤蟆停下电驴子，侧耳倾听，是真有人在说话，一女人在喊，哭叫。

他皱着眉，四下望去，终于发现东侧地里黑影晃动。他按了两下电驴子喇叭，调转车头灯，一瞧，仨大老爷们儿正抱着个姑娘。

田蛤蟆暴喝一声：干吗呢！

那几个人一听，拽着姑娘就往深处跑。这下情况就很明了，遇见歹事了！

田蛤蟆一骗腿儿下了车，抬脚就追。

一边追一边喊，下意识要掏兜拿手机，结果头前俩人停下，直接把他扑倒在地，手机也不知道到哪儿去了。只觉得脖子一热，拿手一摸，热乎乎的。

他躺在地上喘气儿，那俩大概是以为他死了，于是离开田蛤蟆，又开始跑。过了一分钟的时间，田蛤蟆挣扎着站起来，嗓子突突地往里灌凉气。他用手摸索着，觉得自己能把手指塞进去。

疼！但他仍然大声喊。

四下毫无人烟景象，田蛤蟆也不知道自己这叫声能不能被人听见，但他不敢停，他怕一停，姑娘就真没人救了。田蛤蟆头一次感谢爹妈给他生了一副好嗓子。

他模模糊糊瞧着前面的黑影，开始喊。

声传百里，音震四海。

直到他倒下。

事件的结局，是听田蛤蟆的邻居说的。

他指着自己的喉咙，逢人便讲："这儿，知道么，开了一大口子，跟风箱似的。现在给缝上了，但是精气神儿泄了，再也没声啦！"

"田蛤蟆！这份儿的！"可这邻居老拿手捂着脖子，到了我也不知道田蛤蟆到底是哪份儿的。姑娘被救了，因为听到田蛤蟆喊声赶来的，竟然有数十人，要这么算，那嗓子简直赶得上移动电台了。

据亲临者后来回忆，田蛤蟆倒在地上还一直在喊。

喊得不是救命，是救人。

还有人说这辈子没听过这么豪壮的声儿，像项羽力拔山兮，像张翼德喝断当阳桥。

说这话的人大概当过捧哏。

具体情况到底怎么样，都是从旁人口中得知的，只有田蛤蟆什么都没说。他也开不了口了。

或许开不了口，对他也是一种解脱。人们经常能见他托着收音机，四处溜达，但性子还和原来一样古怪，走到人前，突然把音量扭大，咧开嘴，无声笑笑，又走了。

我想，田蛤蟆的嗓门，大概也是老天赐下的才能，他拥有这嗓子，就是为了等待救人的机会，等救完以后，老天爷又把它收回去了。

我想，在那个夜里，在那片荒地里，一定满满都是嚷着救人的蛤蟆。

不知道什么时候，电视机又传来了声音。

还是一如既往的武打戏，刀剑碰撞，乒乒乓乓。

我问老板：田蛤蟆的故事，你信吗？

老板指指电视，笑着说，侠客不止在那里。

他走到柜台前，拿着笔在本子上开始写起来。我没有告别，安静走出了书店。

或许不久以后，还会有另一个人来这家书店，与他交换故事，讲一讲现实里的侠客，论一论故事里的英雄。

天才与凡人

Tiancaiyufanren

这个世界上如同他一样的人，还有许多。天才的展露，或许除了天资之外，更重要的，却还是滚滚红尘能够为他让出一条道路来。

要搬家了。

我帮着整理运输，把硬纸板箱子铺开在地板上，从箱柜倾斜出所有的旧物。

二十多年，搬了两次家。

离开小时候生活的纺机厂，搬到父亲工作的广播电台。之后又告别学生时代的电台大院儿，搬到现在居住的小区。每次迁徙，都像是做淘汰的减法选择。衣物、书籍、杂件儿、破铜烂铁，废布头短线绳，都要丢弃在原地，带走的都是舍不得的，新鲜的，或者至少对于现在来说有价值的东西。

从书柜的摆设里，找到了那把木刻的手枪。这是为数不多，从童年时代一直保留至今的东西。朽木头，从手枪柄的底部看，还能瞧见水渍浸透的烂渣印记。只不过用黑色的油漆刷了一次，于是显得不那么陈旧。

没有如今高仿作品的精细，更不是工厂流水化生产的产品。只有简单的手枪轮廓，用小凿子磨出的扳机，用锯齿慢慢掏空的枪管。我现在拿在手里，枪已经显得很小了。

当年拿在手中，正好合适。

制作这把枪的人，叫做赵小雷。

1988年出生。

制作这把枪的时候，他只有九岁。

赵小雷是我的童年玩伴，也生活在纺机厂的家属院里。

上世纪九十年代初期，并不是买房的高峰，更多是依照单位安排，分房。所以邻里复杂，虽然亲热，但各行各业都有，既有知识分子，也有劳动人民。

赵小雷是小摊贩的孩子。

他爸是街头卖羊肉串的，起早贪黑，拖着碳筐烤箱，和赵小雷的母亲一起在外奔波。没人照料，赵小雷就成了野孩子。他瘦小，皮肤黝黑，眼睛却大，有神。没有爹妈照看的孩子，一般只有两种下场，要么是被其他小孩儿欺负得哭爹喊娘，要么是自己奋斗称王称霸。赵小雷却另辟蹊径，用发明创造改变了自己，并改变了其他孩子的童年生活。

他能用纤细的手指，折出各种样式的人物。

怪兽恐龙以及电视机里的奥特曼头像。

那些纸张，都是赵小雷父母裁下，做羊肉串铁盘子垫纸用的。

他能用小吸管和肥皂水，吹出各种各样的泡泡。

他能用泥捏小人儿，用我们提供的扑克牌搭起不倒塌的建筑。

那把手枪，也是他的作品之一。实际上，他制作赠送了许多手工制品木雕玩具，送给身边的小伙伴，有时候，连大人看了也啧啧称奇。

我一直认为，赵小雷是个天才。

他动手能力极强，家里的闹钟拆了再装根本不是问题。

我们小时候还有一门课，叫劳技课，大多是教一些折纸、绘画、雕塑、拼接的东西。一大本厚书，有些类似童年版的动手工具指南。那上面的赵小雷全都会，任何一项，他都能变成现实，对于我这种动手白痴来说，他简直是一个活在同龄人中的发明家。

这小子学习也很好。听人说，他甚至把许多高年级的理科书籍都借了来，读懂读通之后，才又还回去。

搬家之后，我们渐渐没有交集了，我只在上初中的时候，远远见过他一面。他戴着眼镜，低着头，在公交车上看书，厚厚的一本，写着变化的方程与符号，我瞅一眼就头昏脑涨，他却津津有味。

我一直觉得，他会成为一个科学家。

看电视的时候，火箭发射，建筑建造，科研发明，任何一个高科技水准的东西，总能让我想起赵小雷。

啊，他以后，会成为这么厉害的人吧。

这是我从不怀疑的。

他的天分，早在幼时就已显露，听说到了高中，参加了几次竞赛，还有老师推荐他保送之类的事情。

不过，所谓的天分，或者天资，是需要机会和舞台的。赵小雷的天才，或许是没有机会施展了。

他的父母出摊，因为天黑路滑，被一辆车迎面撞上，夫妻双双重伤。这是一个俗套，而听起来又很悲伤的故事。

再后来，都是从旁人口中听来的了。

“那孩子啊，挺可怜的，可惜那么聪明，也不能去上学了，自己出去赚钱养家。”

“能干什么？好像是做了学徒，后来又出摊卖水果之类的……”

“哎，可惜可惜……”

之后，便连这样的惋惜之声都少了，赵小雷就渐渐泯灭在茫然大众芸芸众生之中了。

那把手枪，我一直摆在家里。看见的时候，总会想起赵小雷。

这个世界上如同他一样的人，还有许多。天才的展露，或许除了天资之外，更重要的，却还是滚滚红尘能够为他让出一条道路来。

在北大上课的时候，也曾遇到过一个非常奇特的人物。

冬天，北大的三教暖气很足，自习的学生常去那里。我也是其中一个，因为备考，所以起得很早，然而我却发现，教室里常常已经有人了。

那是一个中年男人，穿一套蓝灰色工装，头发梳得倍儿干净，戴眼镜，眼镜底子厚成酒瓶。他趴在桌子上，身前身后，左手右脚，全堆着报纸本子纸张算式薄，几乎把整个人都埋住了。不管是上课下课，还是人来人往，他都不带抬头睁眼瞧的。右手持笔，不停在纸上写写画画。偶尔瞧一眼报纸上的数字，沉吟良久，再度开始计算。

我一开始见到这人，以为是某个数学老师因为没有地方，偶尔来此做研究的。后来发现不对，他几乎把一天的时间，全都耗在写写算算上了，除了吃饭和偶尔上厕所，几乎不挪窝儿。

后来，趁着他去厕所的时机，我偷偷跑到他桌前瞄了两眼。发现报纸只有一种，刊登彩票中奖信息的“彩报”。

有相识的北大同学见我去他桌前观摩，于是问我，是不是觉得这人挺“神”的?

我点头称是。

同学说道，这人呐，是一“数痴”。嘿，我一听这名头，顿时好奇心起，赶紧问，这是什么意思啊?

同学解释道：“这个人，其实还挺厉害的，我在高数课上遇到过他，他专门等在教室门口，下课以后，来问老师数学题。他不是什么大学毕业生，就是一高中生，但自学成才，对数字很敏感。”

“不光是计算上很敏感，直观感觉上也非常出色。”

“有学生跟他聊过，攥一把零钱，搁手里，他只要瞅一眼，立刻就能报上总数来，分分角角，一点儿不差。”

“记车牌号，瞬时记忆，也行。”

“只是这人呐，他做算术，不是为了搞研究，是为了挣钱。”

“怎么挣？全靠彩票。”

我这一听，立刻觉得不靠谱了。

同学觉察出我的神色，微微一笑，说道：“这人，已经有点儿疯癫了。你瞧着他干干净净，把自己拾掇得不错，其实脑子里的线已经断了，整个人都扎进数字里出不来了。”

我问，这是怎么弄的啊？

同学说，要真论起来，这事儿还有得一说。

在三教里研究数字儿的这人，名字叫付大平。

河北保定人，年纪差不多有快四十岁了，高中毕业，进京闯荡，因为他好动脑子，数学功底也好，所以一开始是在超市工作。后来头脑灵活，干活又认真负责，等积攒了些钱，就自己开了个小商铺。

这人一旦有了钱，就开始想着花了。

付大平的老乡中，有不少人爱好“卖彩儿”，也不贵，一次花几十块钱。

一开始，付大平不沾这个，可到后来，他也渐渐开始买彩票。

不知道是付大平真的对数字天生敏感，还是邪性，反正他买的彩票，经常中，虽然不是大奖，但几百几千的都是家常便饭。

这一下，他算是彻底来了兴致。除了开店，一天到晚拿着笔算数字模型。大约有半年的光景，终于被他琢磨出一组数字来，当天就买。一买即中。

一开奖，好么，一百万！

这一下，可要了亲命了。老付和他老婆欣喜若狂，本想着把中奖的事儿保密，却没曾想走漏了风声。

亲戚朋友蜂拥而至，纷纷借钱。招架不住之下，只得应允。就连他老婆，也动了心思。结果其实一目了然，借钱的一个人都没还，老婆则带着钱投奔相好了。

至于付大平，谁在乎他死活呢？

这人一旦逼到绝境，神经就绷住了，可人毕竟不是钢丝线，断了，就疯了。

老付现在，就只有一个念头，我得再中一次奖。中了以后，媳妇儿就会回来，亲戚也不再躲着了。

于是乎才有了这个守在北大三教，一天到晚研究彩票数字的“数痴”。

听完这故事，我感慨万千。

付大平对数字的天分，或许有夸张的成分，但要真说起来，确实是被这人世里的利欲熏心裹住了脚步。假如他能够认认真真地搞搞数学研究，是不是又有一番不一样的光景？

我不愿意去猜想，因为一旦做了设想，再和现在的他对比，就显得太凄惨了。

不要去做天才，天才脱不开俗世，会比凡人更悲惨。

年底的时候，我回了原来居住的那片老区。相熟的哥们儿，请我吃饭。

去了一家串儿店。不大，有二三十平方米，收拾得很干净。黑色的漆，红色的字，看着有种莫名的工业美感。

进里屋以后，发现桌子很有特色。所有的桌子都带接口，能几张拼在一起，而且不像普通的拼桌儿，不稳当，这里的桌子是一个萝卜一个坑，严丝合缝。饮料杯子也不一样，不知道是用什么东西粘住的，杯子底部都带一个垫子，无论是泼是洒，都不会弄脏桌子。

我这瞧着稀奇。

哥们儿解释说，这店有意思吧，我老觉得这不像一串儿店，倒像是一个人的设计展览会。你要是有兴致，可以瞧瞧门口烤串儿的东西，瞧着跟高科技电影里的似的。

我听了这话，扭脸儿去看。

一般串店烤串儿都是碳烤炉子，拿一个大电风扇在旁呼呼地吹风。可这家的烤串儿店不一样，像是装了个大棚似的，烟气从烤炉冒出来，又顺着管子通到底部接着吹进了炭炉里。

“不明白吧，我一开始也不懂。”哥们儿说。

“等后来问了老板，才知道，这叫什么，这叫资源的收集与循环利用，副标题——论煤炭的充分燃烧。”

“我琢磨，这家烤串儿店老板，得是一高材生。”

我细细去瞧那正在烤串儿的店主人。他背对着我，但依旧能看出轮廓。皮肤黝黑，身体虽然瘦小，却看着精神。

门口有相熟的顾客，大声吆喝。

“赵小雷，给我烤好了，送楼上去啊！”

嘿！

一个烤串儿的天才，一个混迹尘世的凡人。

造不出火箭，咱们就玩儿火炭。

一样有意思。

Chapter
two

活着就是最好的答案

味道

Weidao

他们没有那么多矫情，没有那么多所谓的波澜，没有那么多惊心动魄，他们的经历，怎么可能写成小故事？

那不是故事，而是活着。

此刻老太太一定在吃着那盘没有什么咸味的青菜，这样的味道曾经是老头儿的最爱，如今是她的最爱。

写故事需要灵感，更需要素材。

为这事儿，我盯上了我的多年好友，郑直同志。

我问郑直："大哥，你最近的感情生活上……"

郑直一把捂住我的嘴，满脸悲愤地对我说："你写的哪儿是爱情故事啊！明明是写我的小伙伴生活惨爆了。写一回就得了，再倒腾我就算完了！今儿请你吃饭，就当求您老人家高抬贵手！"

我点点头，看着郑直一脸哀婉凄惨的神色，终于还是不忍心再朝他下手。但是又怕他敷衍了事，所以专门强调道："要吃就吃好的！"

郑直非常负责任地回答道："那必须的！我请你吃牛肉面！"

我抚额长叹，世间百味，有人嗜辣有人好酸有人喜甜有人爱鲜，对于郑直来说，牛肉面已经算是他的心头所好了。其实严格来说，郑直推荐的牛肉面已经算得上是地方一绝了。大片牛肉配以牛油卤汤熬于锅中，将碱面装在竹编的冒斗里待水沸后立刻下锅，数秒后捞起，与汤汁牛肉一起放在碗里，葱花佐之，入口面条劲道爽滑，牛肉味道醇厚香辣，从舌头到嗓子都是一股麻利儿的爽快，再加上一碗微甜黄酒，就是老饕都挑不出什么毛病来。

就是价格太低，十块钱一碗，和我生花妙笔比起来，档次太低。我摇摇头，一口回绝了郑直的提议。郑直这边看我态度坚决，又一连想了好几个馆子，可惜我都表示兴趣不大。我俩站在三十八度的太阳底下晒着，路上的行人一边走一边看着，一个不停说话，一个不停摇头，汗流浃背意志坚强。

郑直实在被我折腾得没辙，眼瞅着都过了二十分钟了，我这儿还没落定。正在这个时候，这货看到路边来了一趟公交，立刻把我一拽，就朝车上冲。

"哎哎哎，你他妈干吗？"我没料到郑直软的不成来硬的，吓了一大跳。

郑直也不废话，就是拖着我走。公交司机和满车的乘客震惊地看着一个小伙儿一边大声喊着我他妈绝对不吃牛肉面一边被另一个小伙儿拦腰抄起搬到了公交车上。

等车门关上了，郑直才没好气地对我说“瞎叫唤什么？我带你去我奶奶家。老太太的手艺你又不是不知道。”

他给老太太去了电话，说是有人要蹭饭，我这下也终于老老实实地站定了，老太太的手艺我了解，确实没话说。

说起来郑直和我算是发小，小学开始他就和我同班，那时候郑直住在他奶奶家。作为他的小伙伴儿，我自然也经常去老太太家里蹭吃蹭喝。郑直的奶奶做菜是真的有绝活儿，比如夏天吧，其他人家都是外面买些冷饮放家里备着，老太太一定是要自己熬绿豆汤或者煮酸梅汤。满满的一大锅，看着豆白水儿绿。绿豆汤这东西，因为是陈豆子煮出来的，所以大都红色而非湛绿。但老太太却能做到汤水儿碧绿，其实秘诀全在火候上，老太太曾经讲过自己的经验，等锅开沸腾离火，万万不可盖锅，待过风吹凉，澄澈透底。冰糖几粒，入口香甜。

想到这点儿，我就来了精神，腰不酸腿不疼上楼也有劲儿了，一口气儿噌噌噌爬四楼，简直比喝了哈药六厂蓝瓶还过瘾。我和郑直俩人兴冲冲地敲开门，老太太笑呵呵地已经等着了。我进了屋先是问声好，然后把水果放下。一般这时候我特别有好学生去骗取家长好感的劲儿，老太太一直夸我懂事儿。郑直斜着眼看我，嘴里埋汰说奶奶你不用管这小子，他纯粹就是来蹭吃蹭喝的。老太太笑着说欢迎欢迎，然后指着桌上的杯子说自己喝吧。

我一瞅，不是绿豆汤，是酸梅汤。

其实老太太的酸梅汤也应该是冠绝全球了。拿梅子熬了，还加了山楂桂花甘草，品出甜味儿来的不是冰糖，而是蜜。老太太所做的酸梅汤更让人拍手叫绝的在于丢在酸梅汤里的冰块儿。有时候夏天热了，许多人就把酸梅汤冻在冰箱里，老太太对这种做法嗤之以鼻，直言这是糟蹋东西。按照老太太的话说，那叫“只有冰水儿没有梅味儿”。老太太的办法是，先在冰箱里冻上冰块儿，等熬好了酸梅汤，就把冰块拿出来，不立刻放进去，而是等着冰块慢慢融化，有了窟窿眼儿或者中空之后，再倒进酸梅汤里。

我端起桌子上的酸梅汤，一口进嘴巴，酸甜立刻裹住舌头，冰块也冲了进来，牙齿一咬嘎嘣直响，里面的汤汁喷涌而出，一股凉意从尾巴骨顺着脊梁跳到脑门上，呼出一口气，暑气全消。老太太看我俩喝得上瘾就自顾自去做饭了，我和郑直灌了一肚子，等放下杯子，郑直对我说：“和我一起给我爷爷上炷香。”

我点点头，郑直和我说过，老头儿是郑直上大一那会儿去世的。算一算，我从上高中开始也有七八年没来过郑直他奶奶家了，这次好不容易过来，怎么着也得诚心诚意给老人家表示表示。我跟着郑直去了客厅隔壁的小屋，那是郑直他奶奶的卧室，一张黑桌上摆着个小香炉，没挂照片。郑直从抽屉里掏了几根香递给我，拿打火机点着了。然后我和他一起拜了三拜，插到香炉里。

“是不是好奇，怎么连个相片都没有？”郑直扭头问我。

我点点头，表示是没好意思问出口。

“本来是有的，我奶奶不愿意看，就让我爸给相片撤了。”郑直耸耸肩说道。

这时候，老太太走进来对我俩说：“今晚咱们做焖酥鱼。”

我一听，赶紧点头。这可是老太太平时轻易不显摆的功夫，我和郑直小时候都观摩过老太太的做法。焖酥鱼其实是菜饭两吃。先是要烙饼，小平锅里放点儿油加热，和面平摊在锅里，面里揉着鸡油和黄酒。进锅之后，两面不停翻，一定要是火候一致，等到表皮儿泛黄差不多就大功告成了。这样的烙饼，饼身不厚，入口软酥，还带点儿微微的甜酒香。第二步则是酥鱼。老太太用的食材都是半个巴掌大的小鱼儿，拿剪刀剖了内脏，然后找个大锅，里面倒上料酒卤肉汁酱油醋，分别再撕开半段葱成一条一条状的扔进去。把姜切成块儿，蒜瓣儿拍碎一并丢进锅里，先就这么焖着二十分钟。之后连鱼带料架在火上干焖。这活儿的关键就在原料得不多不少，恰到好处，否则就成炖鱼而不是焖酥鱼了。先是盖着锅盖儿来一会儿，待里面的水分到一半的时候，再把锅盖掀开，敞着来。等料差不多都沁入小鱼儿里的时候，再重新把锅盖盖上，一直到火候到了，才算完成。开锅之后，小鱼连骨头都是彻底酥了，然后把焖好的小鱼卷在之前摊的烙饼里一起吃。

老太太重新进了厨房开始忙活，我趁着这空当和郑直瞎扯：“你家老太太这手焖酥鱼还真是杀遍天下无敌手无人能挡啊！”

郑直点点头说：“还真是，我就没发现有人不爱吃的。”

说完这话，他突然愣了一下，然后看着我说：“其实还真有不爱吃的。”

“谁？”我问道。

“我爷爷。”郑直回答道，说到这里他好像突然想到了什么，然后踹了我一脚说，小子，兄弟我可算是给你找到好素材了。他忙忙叨叨又跑到卧室的柜子里瞎翻了半天，然后刨出来一张照片。

照片尺寸还挺大的，大概有我半个手臂那么长。郑直把照片交我手里对我说：“我家老太太和老头儿的结婚照。”我低头一看，是黑白的，照片里男方穿着西装，女方穿着婚纱站在一起。我有点儿诧异地说：“呦，老郑，你家老头儿老太太当时很潮啊！结婚是解放后的事儿了吧，那还穿的西装婚纱啊！”

“你他妈懂什么，我家老头儿那是留洋回来的，要的就是派头好么！”郑直不屑地说道，然后他又指着照片说要不你就写我家老头儿老太太的爱情故事得了。

我有点儿犹豫说，这都几十年前的事儿了，能有人喜欢看？郑直不高兴了，对我说你不试试看怎么知道？

我只好先答应下来，我想了一下说那我好歹要掌握点儿资料啊，我直接去问你家老太太当年的爱情故事？郑直一脚差点儿把我踹趴下，他恶狠狠地对我说你他妈是要疯啊！非得问老太太啊，你听我说不就行了。

郑直清清嗓子，就开始讲起来了。

俗话说这花开两朵各表一枝。郑直先讲了他爷爷的经历，老头儿当年家里挺有钱也很有势力，郑直的太爷是大地主兼商人，郑直爷爷小时候都是专门请的日本人来教，后来高中毕业直接送到德国去读大学，大学毕业后又到前苏联进修。学的科目就是机械，尤其是缝纫和棉纺机械，据郑直自己称不带水分的牛皮，他家老头儿只要站在机器前面，不用拆开，只要听声音就能知道是哪块儿出了问题。

我问郑直，你家老头儿那么牛啊！高级知识分子，怎么就看中你家老太太了？

郑直一撇嘴说这不是还没介绍到我奶奶的事儿嘛。

郑直他奶奶是地地道道老北京，解放前一直上到高中女子学堂，在那个时候已经算得上是高学历的才女了。毕业后国家分配就到北京市的棉纺厂做厂务上的负责人。郑直的爷爷回国后，因为专业对口也分到了棉纺厂，这一来二去俩人就认识并且擦出了爱情的火花。

后来为了支援国家建设，两人又千里迢迢南下，就此扎根，再没能调回北京。

郑直咂吧一下嘴说，其实他也没想明白老头儿老太太是怎么好上的。

老头儿喜欢西洋乐，喜欢肖邦，喜欢巴赫，喜欢研究数理化，喜欢动手做木匠活儿手工活儿。

老太太喜欢京剧，喜欢弹古筝，喜欢拉二胡，喜欢研究中国古典美术，喜欢打太极拳。

我笑着说，你家老头儿老太太这样就是理科男配文科女了啊！

郑直也笑着对我说那可不是，你再瞅瞅照片，我爷爷一米八，我奶奶才一米五八，这还能配一个最萌身高差了。

我仔细瞅了瞅，还真是！照片上俩人明显差着个头儿呢。我问郑直，你爷爷奶奶生活经历相差这么远，爱好也差这么远，就不吵架么？

郑直一听，更乐了，他对我说，怎么不吵？简直就是从结婚那天开始吵到我爷爷去世。

老太太特别看不惯老头儿那股拿腔拿调的外国劲儿。那时候老头儿在外面工作，有时候还要负责和前苏联专家交流，所以就常穿西装衬衣打领带，结果老头儿回家了只愿意脱西装，衬衣领带还照打不误。老太太就数落他，老头儿还不愿意，说自己几十年都这样。老太太就拿话刺儿他：哎哟喂，您这还真是，打个领带就冒充苏联老大哥，穿上西装还不得瑟成列宁同志了？

我拍着郑直肩膀说，你家老太太这太逗了，老头儿啥反应？

郑直回我："据我奶奶说，老头儿脸都红了，但是憋半天也说不出反驳的。老头儿实在不善言辞。就这我奶奶还得理不饶人呢。那时候不是流行《智取威虎山》么，老太太就套用里面的台词挤对我爷爷。"

"哟，脸怎么红了？精神焕发！怎么又黄了？防冻涂的蜡！"

"老头儿老太太这文科女理科男其实思维拧巴着呢！有一回我奶奶和我讲的，那时候家里没什么钱，蜂窝煤都少，所以就劈柴烧着做饭。我奶奶就让老头儿拿着木柴出去劈，结果老头儿把自己工具箱带去了。斧子锤子辫子螺丝刀扳手直尺圆规……然后对着木头挨个比划，以木头中间那条线开始，用铅笔画上虚线，之后拿锯子锯开小口，再用斧子劈。"

“我奶奶在屋里纳闷儿，劈柴而已，怎么这么半天还没进来啊！结果她出去一看，可算是又乐又气，老头儿半天就劈了两个。我奶奶上去就喊：大哥哎！这是让你劈柴，不是让你拿柴做木工活儿，您这劈法儿得到什么时候啊！饭还吃不吃啦？然后我奶奶三下两下就搞定了，留我爷爷一人儿站外面默默收拾他的工具箱。”

“还有一次，也是我奶奶和我说的，那已经是90年代了，老头儿一个人出去骑车转悠，碰上仙人跳了。那骗局是什么呢？就是俩人摆摊，一个人假装卖古董，另一个假装买，然后买的那人就拦住我爷爷说，他呀是个专家看中古董了，可惜钱不够，想捡漏，如果老头儿能给他攒个五千块钱，到时候古董卖了对半分钱。”

“老头儿一听，哎哟，还有这好事儿？急匆匆就骑车往家里赶，那时候老头儿也六十多了，累得满身大汗，回来就把这事儿和我奶奶一说，就要拿钱。我奶奶那是什么人？这点儿小江湖也在老太太这大风大浪前显摆？”

“老太太不动声色，就说要和老头一起去，坐老头儿后车架子上，俩人一溜烟儿到了。那俩骗子还等着呢。老太太下了车，上去就啪啪两嘴巴，说小子，也不瞧瞧我是什么人就想骗我们家里的钱？你瞧你那号称的唐三彩，釉色对吗？是同时红绿白三色吗？胎质对吗？是胎质白中泛着浅红或者浅黄吗？你拿手敲敲，有响动么？你拿手颠颠，沉吗？”

“拿一个今年刚烧的家伙也来蒙我的眼？你也不掂量一下自己的分量？”

“老太太这一番话说出来，骗子知道是遇到行家了，老头儿也知道自己是上当受骗了。可老头儿不好意思啊，拉不下脸，结果瞪着老太太，把她架上自行车，又骑回家了。”

我听完这两段故事，笑着对郑直说，你家这老头儿老太太简直太有意思了，简直就是完全不对付啊！

郑直点点头，深表同意，然后发表意见说：“关键还是在吃上啊！”

“就拿我爷爷说，老头儿喜欢吃米饭或者西餐，我奶奶就喜欢吃面食。”

我也开口问道：“粽子呢？”

“我爷爷吃肉粽，我奶奶吃枣的。”

“豆腐脑呢？”

“我爷爷甜的，我奶奶咸的。”

“红薯白薯什么的呢？”

“老头儿叫薯老太太叫地瓜。”

“……大哥，我还有最后一个问题。”

“爱过……”

我想了想对郑直说：“大哥，你们家的老头儿老太太把网上争论了这么久的问题全碰上了。”

郑直叹一口气对我说：“我还真不知道他俩怎么就过了这么久的日子。就我知道的啊，每次吃饭我爷爷奶奶都要吵架，雷打不动，而且吵的内容都一样，几十年都没变过。”

“我爷爷吃饭口儿清淡，我奶奶吃盐厉害。结果每次吃饭，老头就问怎么这么咸！老太太就讽刺他您老人家又不做，有的吃就行了，还不知足。结果俩人就拍桌子吵，老头说还过不过啦？老太太说，不过你也得过，你就是觉得咸你也得吃！每次吃饭简直就是硝烟弥漫乌烟瘴气啊！”

“我记得到我大一那会儿，他们一块儿吃饭，老头儿一和老太太吵架，就气得不吃了，自己钻隔壁小屋里，锁着门，也不知道干啥。后来老太太猜，估计是老头儿在屋里藏着零食呢。”

“吵成这样，还能一起过这么多年，一定是真爱！”郑直摇头晃脑地感叹道。

突然他“哎哟”一声，抱头鼠窜。我回身一看，郑直他奶奶拿着个小拐棍正好敲在郑直头上。

老太太看着郑直说：“怎么就真爱啦？你这二十郎当岁小屁孩知道个什么真爱啊？我就觉得你这浑小子现在问题挺大的，整天这个分手那个离开，有那么多屁事儿吗？多大点儿事儿，装什么深沉啊！你看看人家小戴……”

郑直立刻出卖了我：“奶奶，丫天天写爱情小故事骗小姑娘眼泪呢！比我可耻多了。”

我立刻一个箭步，窜到郑直身后，一拳捣在他腰眼上，他如遭雷击动弹不得，我摆出人畜无害三好学生的笑容对老太太说：“奶奶，我一定教育好郑直，您就放心吧！”

老太太点点头，对我们说：“等会儿就吃饭了啊！你们再聊一会儿就过来洗手。”

郑直趁着老太太转身，一脚把我踹翻在地，骑在我身上就要打，我连呼好汉饶命，这他才松手拉我起来。

“你奶奶怎么拄拐棍啦？”我问道。

郑直皱着眉对我说：“我刚上大一那会儿，老太太爬楼梯摔了一跤，牙都磕掉了，腿也磕破了。结果从那以后，到了晚上就腿疼，只好拄拐棍儿了。”

我拍拍郑直肩膀说：“到这个岁数，谁没个病没个灾呢？你们家老头儿老太太过得真挺好的，就是老头儿走得早了。”

郑直叹了一口气说：“医疗事故，老头儿本来是不舒服去看病，结果点滴输错了，根本来不及抢救。”

他声音压得很低，对我说：“那一天我也在，我看着老太太疯了一样压着我爷爷的胸，要做人工心脏复苏，周围护士拦都拦不住。其实我爷爷已经走了。后来医生说，老头儿的胸骨都被我奶奶按断了。但是人已经没了，早就没了。”

“老头儿走的时候是下午，我们一家都在，都哭了，只有老太太没哭。看见我们哭，她还要打，说哭什么哭！没出息，就知道给老郑家丢人是吧？人死在这儿了，不想着讨个说法，就他妈知道干哭啊！”

“这是我第一次听到我奶奶骂我们。”

“操持老头儿后事，老太太都在，没掉一滴眼泪。直到后来，我爸把老头的遗像放回来，我奶奶就不行了，声音发不出来，就连眼泪都流不出来了，只是堵着嗓子。”

“后来我奶奶就让我爸把照片撤走了。那段时间，我爸妈怕我奶奶情绪不对，都回来一起和她吃饭，也不让她动手，都是我爸妈做饭。”

“刚开始一段时间还好，结果突然有一次，我奶奶大发雷霆。”

“直接拍着桌子喊怎么这么咸啊！这日子还过不过啦！”

“吓得我爸妈都不知道说什么话好。”

“之后我奶奶吃饭的时候，都是自己给自己做一份儿，再不让我爸妈动手。一直到现在都是，即使她给别人做了饭，最后自己也要单做一份儿。”

我听了这话，迟疑地问：“那今天？”

“她肯定也是等会儿自己给自己做。”

“她给自己做的，我偷偷尝过一次，再也不是像以前那样的味道，很淡的盐味，几乎尝不出来。”

正说着，老太太喊我俩洗手出来吃饭了。

郑直拍拍我的肩膀，我俩走出房间，准备开饭。在此之前，我很期待老太太的焖酥鱼，但是不知道为什么，现在拿着烙饼，卷着酥鱼，却吃不出任何味道。不是我的味蕾失灵，而是我实在不知道想些什么。我只是看着老太太一个人从厨房里端了一碗粥，还有一小碟青菜，自己进了卧室里吃。

勉强吃完，我和郑直帮着一起洗刷。这时候我们看到老太太拄着拐棍一步一挪地到了阳台，那儿摆着一张藤椅，老太太端端正正地坐了下来。藤椅旁边有个小桌子，上面摆着复读机，老太太按了一下，里面传来音乐。

老太太还在慢慢吃，一口粥一口青菜。

“那复读机原来是我的，是我送给老头儿的。我奶奶和我爷爷那时候闹别扭，老头儿想听交响乐还有前苏联歌曲，老太太偏要看京剧频道，结果老头儿斗不过，就把电视让了，每天自己拿我的复读机去阳台那儿听。”

“我爷爷去世以后，老太太再也不听京剧了。”

“她不画国画，不弄她的二胡和古筝，只是偶尔打打太极。她开始听交响乐，开始听肖邦和巴赫。她会在吃饭的时候喊怎么这么咸，还过不过了，这都是我家老头儿原来的台词。她坐的位置是原来老头儿的最爱。”

“其实我奶奶猜错老头儿了。他原来每次中午生气躲到房间里，不是因为藏了零嘴儿，而是在给我奶奶做拐杖。他喜欢鼓捣这个，他知道老太太摔跤以后腿就不舒服了。其实之前买了好几副，但是我奶奶个子矮，拄着都不舒服，所以老头儿自己做了一个。”

“东西都做好了，只是还没给她，自己就不行了。”

“我奶奶前些天和我说过，老郑同志就是个老笨蛋，可是缺了他还真的不行啊！”

“他俩吵得最凶的一次是‘文革’时候。我们家原来有一张绣的主席像，结果有一天打扫卫生，我奶奶不小心给弄坏了，从鼻子以下就裂开了。我奶奶一看反正是布的，就拿线缝了。我爷爷回家一看，怒不可遏，重重扇了我奶奶一耳光，说她不要命了，你这是要缝主席啊！那时候我爷爷正因为成分问题挨批斗，太爷自杀了，全家财产被分，天天革命小将来家里闹革命。我奶奶当时就哭了，我爷爷看见也没说什么，从家里拿了备用的纸画像挂上，转身扯了绣的主席像扔到火堆里。”

“差不多吃完晚饭的点儿，正好又是挨批斗的时候，一群人冲进来，眼尖的看到炉子里烧的有别的东西，要去看，我奶奶拦着不让，我爷爷就冲过去拿捅炉子的火钳把画像完全捅了进去。小将们一看这还得了？肯定是销毁证物，于是扯着我奶奶头发就要打，我爷爷又冲到这边护住我奶奶，十来个小伙儿就开始揍他，夺了火钳往头上砸，把头都砸破了，我爷爷一声没吭，把我奶奶护在身子底下。后来他头上缝了十几针，老太太嘴上还埋怨他太笨，不知道还手，其实心里怎么想的，我能猜到。”

郑直突然转过身，对我说：“我家老头和老太太的故事够你写了吗？”

还没等我回答，郑直站起了身，“走吧，我送送你。”郑直对我说道。

我和他站起身，然后向在阳台的老太太告别。

老太太没有说话，只是挥挥手，慢慢吃着菜。顺着阳台敞开的空气，外面千家万户的饭菜香气飘来，和夏日久未落下的阳光一起，朦胧在老太太的脸上。

郑直把我送出门，临走前还为我点上了一根烟。

我慢慢走下楼，然后抬头看。

郑直啊，郑直，你真是为我出了一个难题啊！他们没有那么多矫情，没有那么多所谓的波澜，没有那么多惊心动魄，他们的经历，怎么可能写成故事?

因为那不是故事，而是活着。

此刻老太太一定在吃着那盘没有什么咸味的青菜，这样的味道曾经是老头儿的最爱，如今是她的最爱。她活着，他就活着。万青有一句很装的歌词：是谁来自山川湖海，却囿于昼夜，厨房与爱。

他们的经历并不一定能为每一个阅读故事的姑娘或者小伙儿们理解或者喜欢。

但是我却喜欢。

我听得见老太太用复读机播放的歌曲，《莫斯科郊外的晚上》。

长夜快过去天色蒙蒙亮

衷心祝福你好姑娘

但愿从今后

你我永不忘

莫斯科郊外的晚上

剃头

Titou

上周末，我去剪了头发，坐在理发店的椅子上，突然想起来原来和老爷子聊天时候他说的话。

“这剪头啊，对有些人来说是技术，对我来说……这是手艺！”

两字差别，可是仔细品品，琢磨一下。

妙不可言。

我害怕剃头，打小就害怕剃头。

这和我喜欢姑娘，打小就喜欢姑娘，是一档子事。

都是自然规律。

小时候住大院儿，院门口就是理发店，整个院子里成百上千的脑袋都是在那儿剪的。谁进去都得被吓哭，满地黑毛，一排排座椅上挂着白大褂，电推子嗡嗡地响，五大三粗的剪发师傅按着人脑袋，能跑马的胳膊上下翻飞。

我的头发也是在这儿剪的。

理发之前，我刚跟着我爹看了一部香港电影，名字是《神州第一刀》。

这片子是洪金宝拍的，讲戊戌变法的事儿，里面有一个情节是谭嗣同法场受刑。他穿着白色囚衣，跪在地上，相好的姑娘往他嘴里塞了一颗糖葫芦，大刀王五手起刀落。

脑袋咕噜噜落地之前，谭嗣同说了一句："好甜。"

年仅六岁的我对这一幕印象极为深刻，幼小心灵受到了极大冲击。

看完电影，我爹瞅瞅我的头发，觉得长了，于是牵着我往外走。他也不告诉我去哪儿，只是走到院门口的小摊上为我买了一串糖葫芦。现在想想，我爹应该有一种难以理解的电影蒙太奇现实主义反映综合症，就是把电影情节下意识映射到现实生活中来。我一边吃着糖葫芦，一边跟着他走，直到被长相和屠夫类似的剃头师傅抱到椅子上，他抖着白色的大褂，对我说："别动！"

现在有一个词儿叫吓尿了，那时候我真尿了，椅子都被尿湿了。

鼻涕眼泪刷就奔涌而出，我哭着对我爹说："爸，别砍我的头。"

我撒丫子就跑，鬼哭狼嚎丧心病狂，手里还拿着冰糖葫芦。

我爹拔腿就追，兔起鹘落三两步手到擒来。

我被扔回椅子，套上了白大褂。但壮士面对强权怎肯引颈待戮？我自然是使出看家本事拼命挣扎，剃头师傅手里的电推子空转了半天，也没剪下我一根儿毛，倒是我嚎得更带劲了。

全场剪头发的人都瞅着这里，我的泪一直下，气氛不算融洽。

我爹是暴脾气，他解下裤腰带，从我脖子处着手，一直捆到胳膊肘，我顿时动弹不得。他又拿大手按着我，厉声喝道：“剪！”

剃头师傅与我心领神会，他下手，我低头。

落发飘落，脖上血印顿现。

小小年纪的我领悟到一个道理：没被电推子刺儿过的人，不足以谈人生。

头发留的最长的时候，是在高中。

杀马特，特立独行，我是一朵绽放于尘世之间久患中二病的黑暗之花。

年级组长和班主任批评多次，我依然屡教不改，头发快遮住鼻子，依然假装酷炫。直到晚自习因为默默照镜子整理发型，被巡查的年级组长发现，带出门外罚站。

我妈接到了班主任打的电话，了解了情况，承诺会在二十四小时内解决问题。

“为什么不剪头发？”我妈心平气和地问我。

“剪头发的人水平太次，每次剪得都不适合我”我回答道，“头太大，剪短发显得脑袋太方。留刘海吧，我额头又太窄，一遮住就显得脸短。”

我娘不说话，而是笑眯眯开电脑，她就是这么一个人，永远用行动打败语言。

她找出一张贝克汉姆的照片问我，他这圆寸好看吗？

我说好看。

她又分别找出古天乐和吴彦祖的图片，问我，有刘海好看吗？

我说好看。

她点点头，教育我，什么问题都要先从自己身上找原因，真的是因为发型不适合你吗？

我说不是。

那是因为啥？

丑。

嗯，对了。她斩钉截铁地肯定道。

第二天我剪了小平头，班主任差点儿没认出我来。

那时候我又悟出一个真理：黑你黑得最得心应手的人，永远是你妈。

我知道自己剪头发难看，纯粹是因为我长得不行，不剪也难看。尽管我面对现实了，可我还是不喜欢剪头。

我不喜欢去理发店，去一次肝儿颤一次。

不知道为什么，北京市理发店里的美发人员时尚潮流总能保持一致。我记得几年前，理发店里剪头发的全穿polo衫，大领子，而且要立起来。说话的时候，也闹不清楚到底是在和我说，还是大领子里藏了个对讲机。

但是现在不一样了，甭管你高矮胖瘦，全都是尖领衬衣，小马甲小西装，八九分的西裤，带气孔的巴洛克风皮鞋，腰间扎一个带大扣的皮带，走路带着香风。

北京大大小小理发店，我也去了不少，人员的服饰配备基本一致，只有丁点儿细节可能不同，比如衬衣的花色。铁的组织，钢的纪律，服务业里也就美发人员首屈一指了。

常去的理发店是增光路的“审美”，虽说次数不少，可每一次还是瘆得慌。

“有熟悉的老师吗？”小哥一边帮我洗头，一边问道。

他们的老师很多，而且全是华裔外国人，托尼、杰瑞、麦克这都是平常名字了，现在流行的是拉美混血类型。

费尔南多梅内加佐。

乌瑟玛瑞·塞特潘利·拉美斯·米亚蒙。

马里奥·巴尔加斯·略萨。

“有，我找三十八号！”

还好这个相熟的老师名字简单，乔治·张，一瞧就是祖上三代就遗民到大美利坚的优秀龙种，名字都透着股newyork近郊的优越感。这是个小胖哥，二十九岁，尽管体形臃肿，依然坚强把衬衣扎进了裤腰带里，有一种长者把腰带提到胸口的风范，不过他一开口说话，就击碎了我对美帝的憧憬。

“哎呀妈，大兄弟，这边儿坐。”

你都是拿绿卡的人了，咋还乡音未改呢？要多少是多，还想要自行车？

我大学这么几年的头发基本都报销在他手里了。因为来往熟悉了，他经常向我推销美发用品，从去屑止痒到腿部脱毛。他说他的，我听我的，眼观鼻鼻观心，我俩相忘于江湖，两不打扰。只不过每次剪头发这么絮絮叨叨，时间长了也受不了，后来我看网上有剪发闭嘴教程，就照搬过来了。

“乔治，我不烫发不染发不美发，不去屑不止痒不买定型不用发蜡，你老老实实剪你的头发，我老老实实被你剪，咱俩从现在开始数一、二、三，谁再多说一句话，谁是王八犊子好么？”

我俩沉默了十分钟，只剩下电推子咔咔地响。

“小老弟，哥哥我就算当王八犊子，今天也想掏心窝子跟你唠唠！”乔治一脸痛心疾首的表情，对我说道。

“可能你也从我口音里听出来了，我家是东北的，吉林通化柳河县。”

“你看我比你大几岁哈，但是我跟你不能比啊，我出来得早，十几岁就出来学发型了，跟着师傅剪头，没日没夜地学啊！我心里就一个想法，一定要学出成绩来！”

“你问我为啥？我家庭条件不好，爸妈都生病，底下还有个弟弟，刚读高中，每个月就靠我这点儿工资。”

“原来我在东北的时候，一个月才挣两千多，可那对我爸妈来说都是一大笔钱啊！”

“后来我到了北京，工资高了，可物价也高！没办法，我咬咬牙，每天就吃饼子，喝点儿热开水，我想多挣点给家里，这样才好……”

剪完头发出门，我手里多了一瓶洗发水，多了一盒发蜡，多了一份脱毛蜜蜡。虽然我一再强调最后一样我用不着，但是乔治哥闪烁着泪光的眼神让我不忍拒绝。我现在还没有女朋友，万一以后有了，就留给她用吧。

虽说乔治说话啰嗦是啰嗦了点儿，但确实是个重情重义为家庭着想的好汉子，我能帮就帮点儿吧，想到这里，我觉得胸前的红领巾更鲜艳了。

“老妹儿，我跟你说，你买点儿这洗发水试试。”

“哎呀，我跟你说实话吧，我呀，也有一个跟你一样大的妹妹，卧病在床！她呀，多想用用这洗发水呀！”

这口音听起来有点儿像美国柳河县腔，我强忍住双目的泪水，没敢回头。

我爹对于我进出现代美发场所的行为颇为不屑，他给出的理由是：那里面剪头发的都娘娘们们儿，老待在里面容易荷尔蒙失调。

他爱找老街胡同里的老店，按照他的话说，这剪头发和看病是一个道理，年纪越大的，越有能耐。开着车，一路走一路瞧，这么兜兜转转许多时日，我爹竟然也品评出几家不错的店来。他自己剪了不算，还要拉着我一起去鉴赏一番。

我说我不去，那地方都脏啦吧唧的，看着都腻歪。

我爸说，放屁，没调查就没有发言权，跟老子走，让你长长见识。

胳膊拧不过大腿，儿子拗不过老爹，没辙，走吧！这车是越走越拐，路是越走越窄，到最后连我都闹不清东南西北，终于停了下来。

推开车门，顶上一条锈迹斑驳的铜字招牌：传统理发。

漫步而入，脑子里头一个印象就是干净。白瓷砖，白墙漆，三个黑色座椅，三面大镜子，另一侧摆着洗头的躺椅，角落里是孤零零的烫头器。一个穿着白大褂的老头儿，头发梳得纹丝不乱，拿油膏一一捋顺了。从大褂里能看出来是穿的西装，人字纹，领带马甲样样不缺，脚下蹬着皮鞋。面上带着小小的圆眼镜，皱纹纵横，却当得起有范儿的评价。

“来啦？”他笑着跟我爹打招呼。

“这回带我儿子来剪头发。”我爸回答道。

“嗯，小伙子毛儿是长了点儿，要好好修剪修剪。”老头儿背着手说。

“这儿！”老头微微颔首说道。

嘿，这老头儿，有点儿意思，跟武林大师似的，还拿腔拿调。我爹见我安分守己坐下，便说他先出门办事儿，等我剪完了再回来。说罢，拍拍我肩膀，好好享受吧，小子！

先是躺在洗头椅上，把脑袋冲了。老爷子水温掌握得挺好，反复问我水温如何，等我确定说好了，他才开始正式冲洗，而且能够明显感觉到手指按摩头部的动作，虽柔但又有力，让人不自觉松了身子。

擦好头发，老头儿安排我在镜子前坐下。

“剪个什么样的？”他问。

“您老看着办。”

“好嘞！”

快！

真快！

还没等我反应过来呢，老爷子剪刀就下去了，眼瞅着镜子里头发唰唰地往下掉，等我仔细瞧才发现老爷子左右开弓，两手都拿着剪子呢！一大一小，大主剪，小主修。

“老爷子，您这技术可以啊！”

老头儿嘿嘿一笑，说，这算什么呐，六十五以前，我能拿四剪，什么花活都玩儿的出来。现在老了，拿两个就成。

我问道：“您这怎么练出来的？”

“还不是为了求快，求好，我给部队剪过，给工厂剪过，给铁路的剪过，那人多少，乌泱乌泱的，等你一个剪子慢慢悠悠？哪儿来得及啊，所以只有越快越好，而且还得准！要不然人家也不依你啊！”

“给部队和工厂剪，就讲究个方正，头发有棱有角。你别觉得咱们现在说得简单，其实这种头发搭配普通衣服不好看，但是一旦穿了制服，精气神儿就不一样了！再说你们这年轻人吧，都讲究层次感，所以碎发最好，厚发打薄，削出分明来，自然就漂亮了。”

“嘿，您还懂这个啊！不瞒您说，之前我一直以为会被我爸坑了，又剪一回小平头。”

老爷子乐了，停手指着旁边椅子上的杂志对我说，瞅瞅。

我一瞧，全是当红时尚杂志，男女发型，男装女装搭配，应有尽有。

“我爱研究这个，现在什么时兴的发型我不会？不是我吹牛皮，瞅一眼，我就知道纹理怎么打出来了。”

“唯一难点的就是烫头，为这，我还专门买了个机器，不过现在也摸索出来了。”

我对老爷子伸大拇指，这才叫与时俱进。

“咱们讲点儿教育意义的话啊，甭说什么老人儿瞧不上新技术，年轻人不学老方法，只要有用，只要能剃好头，怎么好使怎么用，哪怕是外国的，咱也学，反正是给中国人剃头啊！师夷长技以自强！”

这话给我逗得，老爷子还是个思想家。

先是剪子理出了层次，老头儿又用电推子把我脖后的长汗毛全推了。其实检验一个理发师傅技术怎么样，从这一手就能看出来，不贴着皮肤，全靠手劲儿，不粘不黏不伤不蹭，十来秒钟全部齐活。

等再次洗完头，吹好头发，我准备掏兜给老头儿钱。他却摆手说先别慌，还有程序没完成呐！

我有点儿纳闷儿，不都剪完了么。

他说，这些活儿，北京现在的店已经没了，小伙子你今儿被你爸带来，我得施展一下，好歹拉一回头客啊！

我听他说的在理，心里想索性试试，于是按照他说的，又坐回椅子上。老爷子踩着椅子的转轮，慢慢把椅背放平，让我躺好。然后开始从我双肩按摩，他的手法挺独特，并起食指中指，微微屈起，点压骨头与肌肉，一股酥麻劲儿立刻传到身子里，让人禁不住打一个哆嗦。

这是跟一个河南老头儿学的，老爷子解释道，当年一起剪头发，他会这手，比我厉害多了，还能治跌打损伤呢！不过我就学过着按摩的手法，能解乏。

大约按了十分钟，他停下手，从抽屉里拿出一个长筒来。

老爷子扶我起身，指着长筒里的东西问我，知道是什么吗？

“鹅毛！”

“全是我从涿州乡下收来的！分长管羽大与小管羽柔两种。”

“知道干吗使的么？”

我摇头表述不知。

他笑着指指耳朵说，掏耵聍。

这词儿用的文雅，其实就是用鹅毛管去耳朵的秽物。

“也是偷师，从一个四川朋友那里学来的。少不入川，用这玩意儿，舒坦呐！”他笑着走到桌边倒了一杯花茶，让我喝，然后又拧开收音机，里面开始慢慢悠悠地响着音乐。

“咱们剪头发啊，就得想着技术怎么提升，没什么好藏着掖着的，什么好学什么，都是中国人的头，得让老少爷们儿剪舒坦了，你说，是不是这个理儿？”老头儿悠然说道。

没来由的，我突然想起《一代宗师》里的台词，拳有南北，国有南北吗？这老爷子，是个高人呐！

大了大了，这道理太大了，索性不去想它！

重新躺好，闭上眼睛，嘴里仍是花茶香气，悠悠京韵入耳，老爷子的羽毛也绕着耳廓，那是用水沾湿了的，带着暖暖的润意，一点点浸在心里。大管扫了外部，紧接着是小管，细细柔柔，像是春天里微微吹风，让人不自觉地就困了。

也不知道自己睡了多久，等再睁眼，老爷子抽着烟，正坐我身边和我爸聊天。

“醒啦？”他轻声问道。

“看好了啊！”他把两根鹅毛管摆在我眼前，然后用手指拗断。

“一根只用一次，咱们也是为了卫生，剪头发本来就是体面干净的事儿，不能因为贪图便宜因小失大，你们年轻人不常说么，老北京精神，局气厚道牛逼有面儿。”

“咱们方方正正做人，讲卫生，不坏规矩，这就是局气。”

“你爸经常来，这次收你十五，不大不小算是厚道。”

“这牛不牛逼，我就不知道了，该你评价。”

“如果你下次还来，这算是我有面儿！”

老头儿送我和我爸出了门，挥挥手又转身走进了屋。

后来我也常去他店里，剪剪头发，随便聊聊。老头儿剪了一辈子头发，原本都退休了，但还是闲不下来，找儿子拿钱租了个门面，单纯就是享受理发的感觉。他说自己儿孙都没学这个，剪头发太累，对于现在的很多人来说，也不是体面的工作。

这样也好，自己一人儿干着，什么时候撒手，什么时候算。

今年四月，街上柳枝垂，能够拧成柳哨吹的时候，我爸又去了老爷子的店。

店门和招牌要拆了，老爷子的儿子招呼着人把东西都搬走。

“老头儿到天上啦！”老爷子的儿子说道。

“干一辈子剃头，像是这能感应什么似的，前三天都躺医院里起不来，结果猛地精神了，说要出门剪头发去。给他找了相熟的店，洗头洗脸，头发修修。”

“三天以后，他说，剃头丑三天，嘿，这下不丑了，咽气。”

我爹回家以后把这事儿告诉了我，我们爷俩都说，这事儿神了！

上周末，我去剪了头发，坐在理发店的椅子上，突然想起来原来和老爷子聊天时候他说的话。

“这剪头啊，对有些人来说是技术，对我来说……这是手艺！”

两字差别，可是仔细品品，琢磨一下。

妙不可言。

酒话

Jiuhua

原来有姑娘问我，你们大老爷们儿喝酒的时候都聊些什么？我说无非是酒色财气，言语如酿，沾火即着，口舌酥麻，眉眼迷离，平时顾忌，权当放屁。这话我说得豪迈，后来我发现弄错了。根本没有什么国家大事儿，也没有咸吃萝卜淡操心，全是自己身边的鸡毛蒜皮。

（一）医生

“从串儿店出来，宿舍的几个哥们儿勾肩搭背走在前面，陈亮摇摇晃晃，走在最后。那时候已经是晚上十一点五十多了，等进了校园，里面黑漆漆的，门卫大爷有气无力低着头坐在传达室的椅子上，手里收音机嗡嗡的发着噪音。”

“前面的人越走越快，陈亮想喊他们慢点儿，一阵干呕，又止住了。再抬眼去瞧，那几个孙子早没影了。”

“陈亮这个时候觉得尿急，离宿舍还有段距离，憋是憋不住了，干脆就痛痛快快就地解决吧。”

“他踉踉跄跄，走到学校的西墙前面，低头解皮带……”

“宿舍里几个人正在聊天闲扯，说陈亮走得也太慢了。正说着，宿舍的门被一把推开，陈亮突然冲了进来，腿上湿淋淋的一股尿骚味，脸色煞白。”

“卧槽，你丫尿裤子？”一个同学笑着说。

陈亮没有说话，脸色更白。

“怎么了这是？”另一个人问。

陈亮声音颤抖着，带着惊恐，一个字一个字地说，“我刚刚准备挨着墙根儿……尿尿，正低头拽拉链，然后觉得一阵阴风顺着我脖领儿就灌进去了。我下意识抬头一看，本来白色的墙上，突然多了一摊红色的，像血一样的液体。”

“我想跑，但是腿根本动不了，我看着它们慢慢地流动，最后变成一个繁体字。”

“壽”。

大鲸拿筷子敲我，没好气地说，酒都洒出来了。

我拿着酒瓶，盯着他问，大哥，这故事真的假的？

大鲸说，反正传的人不少，那西墙后来被学校给拆了。不过你也不至于怕成这样吧？

我问他，您老人家就一点儿不心虚？

大鲸微微一笑，顿时让我心里有一种不装我们还可以做朋友的错觉。他说做医生，生生死死见得多了，这算什么？要是不敢见血，听个鬼故事，腿抖得跟筛糠似的，还怎么给病人看病，怎么做手术啊？

他从我手里把百年牛二的瓶子接过去，重新给我们两个人的杯子满上。今儿是他在医院实习的空当，好不容易出来放风，我本来准备好了酒席招待，却没想到被他一个故事给镇住了。

实习怎么样？我问大鲸。

他说转科呗，其实就是熟悉各种流程，跟着科室里的师父学习。不过这么几个月下来，也确实有不少事儿发生。

去了没几天，楼下科室的医生就叫病人给打了。那人大晚上喝酒喝多了，送医院输液，结果发酒疯，疯狂地捶科室的门，拳打脚踢还不过瘾，最后直接用椅子砸，把门板都卸下来了。进了科室里，男医生挡着护士，在最前面顶着，结果被一椅子腿打在头上，当时血就流下来了。可那医生还是抱着那喝醉酒的病人不撒手，怕他再拿东西伤着别人。

我问大鲸，保安呢？

大鲸冷笑着说，早不见了，没事儿的时候他们满楼遛狗似的，一出事儿全不见了。再说了，也不敢动手揍病人啊，这要是被渲染一下，医生被打就变成医院施暴了。

到最后，医生自己找同事包扎伤口，接着给那喝醉酒的打针输液。第二天喝醉的酒醒了，交了药钱就溜，连句道歉话都没留，你说操蛋么？

你说现在老是把矛头指向医生，除了庸医，治病的医生只有真的疯了才会没事儿找事儿让病人出问题。一旦病人出问题，扣工资扣奖金自己声誉下降，病人家属找事儿医院批评没完没了，你说医生脑子有水还是怎么的？非要给自己找不痛快？

所以啊，无胆别行医。

原来学医是别怕见着别人的血，现在是见了自己的血别怕。

这是第一杯酒下肚后，大鲸说的话。

我为他再斟满一杯，督促他多吃些菜。

酝酿了一会儿，我始终按捺不住心里的疑问，低声问他，到底医院里有黑幕吗？我的意思是，就是那些药品之类的，真有社会上说的那么玄乎？

大鲸停下筷子，皱着眉头问我，你丫不是让我多吃菜么，这才几口，又问上了？

我举杯致歉，他低头喝酒。

看怎么说，毕竟待的时间还短，很多事儿都是自己琢磨的，我这么一说，你也就这么一听。大鲸很正式地强调着。

基本药价都是国家规定的，所以根本不可能任意调高药价，关键在于药品的选择上。比如一盒十五块钱能治好病的药不用，非要购买八十块钱一盒的，这就算是问题表现的一个方面。自己待的医院就有这种情况，行政口负责购买的人员把低价药去了，购置一批中高价的药。其实治病只分药品有用没用，有时候便宜药能起大作用。

我问大鲸，这算个例还是整体？

他摊手说，没调查就没有发言权，我不知道。但是个别医院的确有非常极端的情况，药品的供货方面为了和医院搭上关系，男的送钱，女的献身，都是真事儿。

这破烂勾当，反正老老实实治病的医生管不了。

前几年不是有一特火的事儿么，说是管药品入院的和那药品供销商正在办公室里亲热，结果原配闯进来了，看着衣衫不整的俩人，二话没说，双手一抱身子一冲，仨人顺着窗户就撞出去了。那是三楼，漫天的玻璃碴透着阳光，三个人像天使一样呼啸坠地。

结果呢？我问。

一死一伤一疯，均匀搭配。大鲸说。

这是三杯五杯下了肚以后，大鲸说的话。

赵丽蓉的小品台词是：三杯五杯下了肚，保证你的小脸儿呀粉嘟嘟的透着那个美。

但是大鲸的脸上却越来越白。

饮酒身暖，这酒却越饮越寒。

换下一话题。

我紧紧身上大衣，酒行过半，五两入肚，是该说点儿少儿不宜的东西了。

干你们这行，好找姑娘么？我问。

看时候，反正在学校里有护理班，一个班三四十人全是妹子。原来没见过这种场景，后来突然碰到了，一下课几十个穿着护士装的妹子叽叽喳喳面向着你跑来。

接触面广是一方面，另外学医的很多知识能派上用场。

比如姑娘痛经的时候，你送上一份当归生姜羊肉汤，那绝对是吃货的致命要害，击必中，中必死，分分钟就能拿下。再也不用说什么多喝热水的废话了。

可惜当年没把握机会。

大鲸很是怀念地感叹道。

在医院实习，其实姑娘也很多，就是太忙了，根本没时间说话。自己实习的那个科室的主任，简直就是医院里的情圣。他一共娶过四次老婆，都是医院里的护士长，而他的四任老婆私交都很好，平时周末没事儿就出去逛个街买个菜，等下了班到他家里一起吃个饭什么的。

那都是他年轻时候在护士队伍里留下的革命友谊。

我们科室其实条件也创造得挺好，晚上值夜班，就我和一个年轻护士一起，她主要负责转病房，我早上五六点要看她从病房里拿的资料表，把信息誊录一遍。所以晚上回不了宿舍，就住在办公室里，有床，上下铺，她在上铺，我在下铺。

睡得着么？我问。

大鲸说，办公室里很安静，我能听见自己的心跳和她均匀的呼吸，闻到淡淡的药水味和莫名的香气。上铺天蓝色的床板给了我无尽的遐想……背了四十八条《伤寒论》的药方以后，我终于睡着了。

不过刚睡着五分钟，就被敲门声惊醒了。

值夜班最怕遇到小急诊，哪怕天寒地冻累得要死也得爬起来看病。那时候已经是夜里三点多钟了，等我从床上坐起来，护士也惊醒了，赶紧下床。

结果一开门，差点儿吓尿了。

只看见个身子堵在门口，半张嘴露在门框里。

一个瓮声瓮气的声音：医生，我儿子肚子疼。

一侧身，后面还有一个人，只见身子不见头。

这是两米的爹带着两米二的儿子来看病。

后来和那护士有发展么？我问。

没，后来我就转去ICU（重病监护）了，大鲸说。

那地方怎么说呢，容易让人有出家的觉悟。大鲸一边说，一边把最后酒的残根儿倒在我俩的杯子里。

去的第一天，来了一个老头儿，八十多岁了，坐轮椅进来的，上床都要人扶着，浑身没有力气。我照惯例要去问问病人情况，老头儿说话还挺清楚，刚开始说说还好，结果到后来越说越离谱，说自己是外星来的战士，要到地球斩妖除魔。

得，看来是魔怔了。

交班的时候正和同事聊着，说老头儿得看仔细点，精神不正常，结果老头儿突然发起疯来，要拔了身上的管子。那玩意儿可拔不得，正给他进行治疗呢，拔了他这人就完了！

我们赶紧过去。

人疯了，简直是有一股子邪劲儿，我们四个男的，都按不住他。你想想，他都八十了，还是坐着轮椅过来的！拿拳头一下就把一个医生的鼻子打出血了，来不及止血，还是得死命按着，真让他拔了管子，那就出大事儿了。

后来千方百计让他躺好了，医生把绳子拿来，说必须给捆上，要不然乱动会害了他自己的命。

到最后五花大绑，当然医生都是有分寸的，但是怎么瞧着都和捆犯人一样。

大鲸眨眨眼说，无论如何都别得病，等到自己都控制不了自己，就会失去尊严。

ICU里经常能见到年纪大的病人，有的是全靠插管活着，无知无觉。但是家人不让死，因为老头子在，这家里的待遇就在。

有的是明明还能抢救一下，家人放弃了。经常见着家里人分两派，一边死，一边活。有一个病人，医院治疗期间，还保有意识，虽然说不成话但是明显能用手势和表情表达，家里人要求把管拔了，没过一个小时，人就没了。

还有一个老头儿，医院治疗得差不多了，第二天回到家就死了，自杀。

据说是家里嫌他花了太多钱治病。

这都没法儿说。

大鲸和我举杯，仰脖喝干杯中酒。

临行前，他又给我讲了个医院里的故事，说就是上周实习的时候发生的。

一个护士单独在值班，正在走廊里走路，突然被一个老爷子叫住了，两个人聊了很久，家长里短，鸡毛蒜皮。大概过了十来分钟，老爷子摆摆手说姑娘多谢你照顾我了，你笑的时候真像我孙女。

等第二天她和同事说起来这事儿，才猛然想起来这人是上周自己照顾的一个病人，已经去世了。但是很奇怪，就算事后想起来也并不害怕，相反还有些淡淡的温暖。

大鲸讲的故事，多多少少还是有杜撰的成分。

我瞅着他喝醉了酒，有点儿摇晃地往地铁站走。

他最新一条微博是：六号床的老太太走了，没受什么折磨，真好。

我觉得一个陌生人能够为另一个陌生人的安详离去而祝福，很难得。我认识大鲸有十几年了，然而我在今天又重新认识了他。

我想，他会成为一个好医生的。

（二）检察官

酒局本应在晚上六点半开始。

因为C君工作上的原因，推迟到了七点半。

他是我的老同学，一个身材高大却异常消瘦、不善交际的人。

接近八点，他才一脸歉意地出现在我面前，连说对不起。他解释说坐地铁的时候睡着了，连手机响都没听见。如果不是周围的乘客下车碰了他一下，估计能一直睡到地铁停运。

自己已经接近四十八个小时没合眼了。

他说。

C君坐下来以后，背靠着椅子，一脸倦容，即使在酒馆黯淡的灯光下，我也可以轻易观察到他明显的黑眼圈。他的眼角不停地下坠，但是迅速提起，像是被绳子拽着一般。

年前，逮着大鱼了。

C君看了我一眼，用很平淡的语气说着。

所以，要加班加点审问？

我一边说着，一边把装满白酒的杯子递给他。

他摆摆手说，来点啤酒吧，今晚吃完饭，我只有六个小时的休息时间，如果喝多了，明天记录审讯会出问题，这两天都是靠意志力撑过来的，估计今天一泄劲儿就不行了。

什么案子，这么磨人？

我问。

贪。

C君的回答很简短，他举起杯子把啤酒大口吞进喉咙里，我看着他的喉结不停抖动，此时此刻，C君就连说话都带着些冷冰冰的气息。

连续审问，疲劳作战都试过了，对犯罪嫌疑人没有用。以前看电视剧，觉得里面的警察真是没用，连个口供都问不出来。没想到真的自己参加了工作，面对这样的场景，也束手无策。

口供哪儿是那么好招的，说出来了，就有可能掉脑袋，不到心里确定的那一刻，他是不会说话的。

他缓慢地夹着菜，一块牛肉却怎么也不听从他的召唤，C君用筷子慢慢把它扎透，像是用剑把一个人刺穿。

最麻烦的是他的姐姐。

C君突然开口说道。

谁？

我皱着眉头问。

C君低着头说，那个犯罪嫌疑人的姐姐，她本职是大学老师，教授经济学，高级职称并且有出国留学经历，也涉及在这个案子里。我们按照规定让她来接受讯问。第一次她直接冲进了我们的办公室，大吵大闹。当时办公室里有四个人，一个负责案子的老检察官，还有我们这三个新手。这个女人态度十分嚣张，说自己根本没罪，而且指着我说：“你们看，这是个小青年，他肯定才参加工作不久，所以他不会涉及职务犯罪，因为他没有这个机会，我是个大学老师，我每天就在学校教书，我也不可能碰钱，因为我没有机会！”

说完这些话，这个女的还气呼呼地摔书踹凳子。好不容易让她坐安稳了，要和她谈话，她倒是戴着耳机听起歌来了。如此，连续三天。

到了第三天，老检察官突然发话了。

从来没见过这么嚣张的嫌疑人，明知道自己在接受检察还这么气势汹汹，不是背后有人，就是另有目的。而且从来没见过接受检察官问话，还要专门带着耳机的。C君，去查查，看她耳机有没有什么猫腻？

我问，发现什么了吗？

C君抬起头说，她根本没有听歌，那个耳机连着的是微型录音器。

这个人是想故意挑衅我们，一旦我们有什么过激的言语，到时候她在法庭上一拿出来，我们就麻烦了。

我有些惊诧地说，厉害啊！

C君摇摇头说，这还没完。检察问询并不是一天两天的事儿，是一个长期的过程，自从那次发现她带着录音器之后，我们就加倍小心。她知道我们开始注意她，自己也稍微收敛了，一段时间里，我们以为她已经学乖了。

那时候天气已经很冷了，大家穿的都是大衣，但是进了屋里，因为有暖气的缘故，所以大部分人都会选择脱掉外套。但这个女的很奇怪，她穿的是排扣大衣，进了屋子从来不脱外套，而且就算解扣子，也只是把最上面的两颗解开，底下的一颗不动。搜查的时候我长了个心眼，让她把外套脱了。

她非常不情愿。

但是她越如此表现，越显得有问题。

拿着她的衣服仔细看了一下，终于发现了秘密。

大衣的排扣都是很大的，在第三排的排扣后面，镶着袖珍摄像头，只要把扣子翻转过来，就可以把摄像头露出来。

后来老检察官琢磨出点儿意思，她这是要把检察问询的过程都录下来，回去以后反复研究。

C君不动声色地喝完了杯中的啤酒，我为他又续了一杯。

他半眯着眼睛说，老检察官说这个女的不对劲，她太了解我们这一套检察体系了。他专门把当时检察院搜查她家中的物品清单拿来，仔细对照，后来在里面找到了一本公检法的内部教材——反贪污侦查。

老检察官说，这个人背后有高人指点。

我们走的每一步，她都知道，一些重要的证据在搜查之前就已经灭失了，这肯定不是偶然，是人为的。她背后的高人，不是律师，不是当官的，是检察官！

那怎么办？这个女的能定罪吗？我追问道。

C君摇头，说太难，她的准备工作做得太好，我们根本抓不住她的破绽。

我说，你们的生活够刺激的啊！

C君挤出一个笑容，然后说，没有你想的那么好。上一次坐出租出去，因为走得急，穿的还是制服，胸口别着徽，结果司机搭话说，呦兄弟，哪个中介的，是链家的吗？嘿，这衣服和原来一样，我也在咱们公司干过，没想到这么多年衣服还没变啊！

他缓缓放下筷子，又说，虽然要办案子，但是还要处理好同事关系，打好上级的门路，这都是麻烦事儿。就举一个例子吧，同一批进院里的，一个漂亮姑娘，第二个月就搬到大领导对面办公室了，后来连传达消息都是她给老同志开会，你瞧，人家就是会做人。我呀，我不行！就会办个案子，背背法条。

我说，你也送送礼，不是有那个诀窍么，同事送小礼，中级领导送轻礼，部门领导送大礼，顶级上司送好礼，你看这意思是……

C君听我说的，连忙摆手，说确实不会钻营，这些知识就不用灌输了。他有些深沉地说，其实像检察官、医生、律师这类职业的人，接触到的都是人最阴暗的那一面，心理状态如果不调整确实容易出问题。今年有个事儿，就弄得自己心里特别不痛快，借着今天这个机会也和你说说。

上半年的一个案子，犯罪嫌疑人刚关进去，他老婆就要和他离婚，因为前脚人被抓，后脚要债的讨钱的全都跟来了。这人才三十多，办案子的人眼睁睁看着他头发由黑全变白了，后来关了几天，他自己把牙刷把磨尖了要自杀，看守人员发现得早，给救下来了。

一旦进去了，往日里称兄道弟的，远亲近邻，友人挚爱，没有一个人会留在身边。不是案子把他压垮了，是周围的人把他精神击垮了。

其实你能感觉到那种绝望，从心里迸发出来的，压倒一切的黑，没人受得了。

你看，这不今天又有一个案子，我打电话过去，说您好，我们是XXXX院的，有人反映你……我这儿话还没说完呢，那边电话里就哭起来了，泣不成声。心虚得太厉害！

我问C君，这人真有问题吗？

他摇摇头说，这还在办理中呢，不能向外透露。

我笑着说，那行，你别说，要真有问题，你在我手掌上打个钩，没问题就画个叉，咱俩天知地知你知我知。

他伸出手指……

C君说，做自己这一行，没有什么好威风的，每天都能见到申冤的人哭着来又哭着走，每天都能见到拉横幅告状的，但是自己能力很小，他根本帮不到这些人。

这种感觉让他痛苦，他只能努力把自己手头的那些事情做好，做到对得起法律，对得起自己的良心。

他问我，这么说，是不是有点儿可笑？

我没说话。

我还想再给C君倒酒，但是他摇头制止了我，说该走了。

外面夜色笼罩，恍恍惚惚犹如鬼魅。

我和他握了握手，表示分别，他的手冰凉却很有力。

C君把大衣领子竖起来，大步向前走去，很快消失在人群里。

（三）潇洒哥

当夜幕降临在这座城市，另一种生活也就此开始。

灯火辉煌霓虹闪烁。

不管寒风如何凛冽也有无数漂亮大妞踩着高跟儿露着大腿身上飘着香味儿，不管多晚桑拿洗浴酒吧会所都会营业。无牌儿白牌儿套牌儿假牌儿的车辆成群结队，脑仁儿里转着音乐，嘴里灌着假的洋酒，小明星俏模特陪着老头儿坐在雅座儿。

铁岭的黑社会，东北的皮条客，驻唱的女大学生很多，可是学生证不能打折，后面连火车磁条都没有，你他妈是在逗我呢?

喝多的喝吐了喝迷瞪喝断片儿的，抽烟打架泡妞瞎闹腾的。

潇洒哥就在这个纸醉金迷的世界里，给我讲起了他如同一千零一夜的故事。

那一天他出差去重庆，晚上大家吃完饭，就说去进行一下有意义的“保健”活动。由当地的朋友带队，四五个人开着车浩浩荡荡出发。重庆多山，几辆车沿着盘山道缓缓而行，先是翻过一个山头，接着又到自下而上开往第二座山。

在第二座山的山腰上，当地的朋友示意停下。下车之后，车灯照耀之处空空荡荡什么都没有，只有两个紧闭着的车库。重庆的朋友敲了敲门，第一个车库的卷帘门应声而开，里面灯火通明，正中一长排沙发，能坐下十几个人的那种。朋友招呼大家进来坐下，有人送上茶水。

又等了三四分钟，另一个车库的卷帘门拉开，从中走出了三十个妹子，每个人配发一个，手拉着手，上了车。

接下来又要去第三座山，在山顶上，把车停下来。

潇洒哥说，那时候正是夏天，不找如家，不找七天，就在此处幕天席地。

蝉鸣微风，树叶轻晃，抬头看去，满眼星光。

操他大爷，那天喝多了，连姑娘手都没摸着，就抱着树嗷嗷吐了，后来他们在外面花好月圆，我一人儿在车里半死不活吹空调。

潇洒哥遗憾地对我说。

我握着他的手，表示同情，后边就别讲了，电视台不让播。

潇洒哥还要喝，我拿着酒瓶不让他倒酒。

确实已经差不多了，眼珠子通红，再喝估计人就得躺这儿了。

他抬着胳膊，手指头点着周围，嘴里说，喝……喝酒别来这种地方，太乱！就说……就说上周，我们公司领导喊我到酒吧里，作陪。

陪的是一个外国人，美国佬，老板的大学同学。这个老美长得很高大，面容坚毅，头发纹丝不乱，穿着西装，说话彬彬有礼。他中文很好，能够讲一口带着儿化音的普通话。老板专门安排我坐他旁边，说实话，心里确实忐忑，之前根本没有接待外宾的经验，陪过的最远的客户来自河北邯郸。

上酒，全是高级洋酒，不掺水的那种。

酒吧里要的调酒，全是拿三块钱一瓶的冰红茶兑的，喝起来和饮料一样，原来老板招待客人都是用那种，但是这一次看来是下了大本钱了。推杯换盏一杯接一杯，大家其乐融融，欢声笑语。

老美的酒量应该只是一般，过了一会儿脸就红了，他搂着我肩膀，突然侧过头，亲了我一口。当时心里一激灵，说这老外的礼节就是挺不适应的，俩大老爷们儿亲一口，确实有点儿膈应。紧接着这老美把手放我大腿上了，不停摸。

我挪了挪位置，赶紧离他远一点儿，结果他还不开心，非要我坐近一点儿。而且还变本加厉，手越来越向上，差点儿就猴子偷桃了。我赶紧一记重手，把他胳膊打开，然后拽着我们头儿到一边。

我问领导，这几个意思？那老美喝多了吧，把我当女的了，到处乱摸，您要不给他找一小姐得了。

领导笑呵呵地说，没事儿，他是真把你当男的。忍忍得了，忍忍。

要糟！听了这话，我就知道要糟！

再次回到座位上，老美已经把杯子里倒满了酒。一边把杯子递过来，一边问，是才参加工作不久吧。他说就喜欢年轻的小伙子，有活力，有精力，身体棒，身材好。老美从兜里掏出手机，拿到面前翻照片，呐，这个是北大毕业的，这个是清华毕业的，这个是北航毕业的……他说自己已经和二十多个中国年轻人好过了。看着那些龙精虎猛的少年，自己就这么可耻地脸红了。

包厢里有KTV，为了转移注意力，也为了避免老美的纠缠，就去点了几首歌唱。唱完回来，老美直朝我竖大拇指，说唱得真好，还说如果有意愿他可以给好声音节目组的人打电话，他认识里面负责的人，那谁谁和谁谁谁不就是他推荐的吗？

带着毛的手又顺着腿往上走，我腾地一下站起来。

老美笑着又把我按下来，对我说了一句话。

潇洒哥说到这里打住了，脑袋昏昏沉沉地往桌子上栽。

我赶紧问，什么话？

潇洒哥把头凑我旁边，小声地说了一句。

“想要这单生意就和我好！”

我记得你以前不是在一个国企做法务吗？怎么又转到私企拉单子了？还得陪这种烂客户？

我问潇洒哥。

潇洒哥撇嘴说，这都没法儿说，傻呗。那时候接到一个案子，代表企业去做医疗赔偿金的赔付。我们那企业在海外也有项目，其中一批员工是在非洲。那地方太乱了，而且治安不好，结果有个员工在当地不幸去世了，一枪打中脑袋，救都救不回来。作为法务要去协调赔偿金额的事情啊，就这么出发了。那个员工是山东人，到了他家里一看，农村的，老爹老娘年纪都大了，还剩下老婆和小孩儿。

说好的赔偿最高金额是给五十万。

但是你不能真给五十万啊，要不然要你这个法务干吗使唤？同去的同事报价是四十万，按理来说，这个价格适中，不算高也不算低。

但是我自己心里不落忍，又给金额偷偷添了三万块钱。

到最后给了四十三万。

回了公司，这事儿被捅出来了，你想想，不想着替公司省钱，还往外掏钱，这种员工你要吗？我这人啊，就是心太软，不适合干这种事儿，看着对面哭，我心里也难受。

不后悔吗？我问潇洒哥。

潇洒哥笑了笑，很潇洒地说，要重来一次，我给那家里五十万。

真他妈潇洒！

他趁着我不注意，又给自己杯子里倒了满满一杯，然后一口喝干。

潇洒哥说，工作以后才发现太多不如意，有时候真的怀念在学校里的日子。还记得最后一个学期，我坐在图书馆里，有一个姑娘一直坐在我的对面，我们一起看书，不搭讪不说话，整整几个月的时间。后来在快毕业的时候，一个夏天的下午，她很早就收拾书包站起来，临走前递给我一张纸条。

阳光逆着，在她脸上，她朝我笑。

我看着纸条上写着：我喜欢你很久，如果你也喜欢我该多好啊！

这事儿别和我女朋友说啊！潇洒哥强调着，然后歪倒在身旁的姑娘怀里。

我对旁边面若冰霜的姑娘说，嫂子，你看，他确实是喝醉了。

姑娘笑笑，没事儿，这傻逼确实喝醉了，那纸条就是我递的。

（四）下酒菜

再找大鲸的时候，他说自己被打了，喝不了酒了。

我问他怎么地，哪个王八蛋敢对你动手？你怎么这么怂了，用不用小爷替你办了他？

他说你拉倒吧，被病人打的，你能动手吗？这次是遇到病人嫌弃护士动作慢了，直接招呼自己家人动手，自己也上去连骂带打，看上去完全不像是生病的样子，五六十的岁数比二十多的小伙子动手还快。直接一嘴巴把我鼻血都打出来了，现在嘴巴还肿着，脸上掌印儿还在，就不出去喝酒了，太丢人。

我说来吧，没事儿，咱不喝酒不就成了，就聊聊。

对了，戴着口罩。

又找C君。

他说不敢喝酒了，得病了。

我问他怎么了？

他说连着熬夜，结果突然胃疼，去医院开了药吃了，当晚又继续审讯，终于取得了突破。大家总算放松下来，出去喝酒。我说不喝，没想到领导下了命令，必须喝，这一下子药物和酒精反应，结果全身奇痒无比，一连好几天。本来想着别耽误工作扛一扛，没曾想还是去了医院，大夫一看，说有可能是皮肤癌。本来以为自己是铁打的检察官硬汉了，结果当时就泪流满面，要是当时有人审问我，估计什么都会招了。

还好万幸，后来确诊是严重皮肤病，这才了事儿。

所以吃菜可以，喝酒不行。

最后给潇洒哥打电话。

胃出血。

我问怎么这么猛？

他说老美的那单，确实没成，生意黄了。都说钱是王八蛋，可长得真好看，不挣钱不行，所以这一次就靠着酒桌上拼酒弄单子，老子一个人放趴下四个，够本了。不过就是后来送到医院的事儿，记不大清楚了。你嫂子气得牙根儿痒痒，你要是不想被她打，最好别喊我喝酒。

我说，行，没问题。

潇洒哥犹豫半天答应了下来。

临挂电话，他又说，你嫂子说了，找小姐也不行。

原来有姑娘问我，你们大老爷们儿喝酒的时候都聊些什么？我说无非是酒色财气，言语如酿，沾火即着，口舌酥麻，眉眼迷离，平时顾忌，权当放屁。这话我说得豪迈，后来我发现弄错了。根本没有什么国家大事儿，也没有咸吃萝卜淡操心，全是自己身边的鸡毛蒜皮。

我们四个坐了一桌，点了几样小菜，喝了几杯白开水。

我说，兄弟，你们这仨人儿故事太平淡，别人不喜欢。

他们说，都是平平常常的人，要什么波澜壮阔，来走一个！

喝酒得有下酒菜，无非是凉拌木耳，蒜拍黄瓜，老醋花生米。上不了大席面，也登不上大雅之堂。我觉得他们在酒桌上说的故事，就是下酒菜。

喝白开水也能让你醉喽。

谈吃

Tanchi

好吃者必爱炫耀，也是常态。假若碰见一家还算过得去的馆子，下次一定要呼朋唤友，共同品尝。食客与庖人不同，做菜的人靠味道谋生，有了窍门要藏着掖着，吃菜的人靠味道娱乐，独乐不如众乐。

数年稿费，十之八九花在吃上。

孤家寡人一个，耗在性色上的精力不多，自然要在吃上多费银两。吃过之后难免想想，有回味之处都拿笔记下，灵机一动找到的老饕之道更要成之以周章。

这是写字人的通病。

好吃者必爱炫耀，也是常态。假若碰见一家还算过得去的馆子，下次一定要呼朋唤友，共同品尝。食客与庖人不同，做菜的人靠味道谋生，有了窍门要藏着掖着，吃菜的人靠味道娱乐，独乐不如众乐。

所以此篇壮胆儿谈吃，若有赞成我这末流食客观点的，当视为未逢面之知己。

殊途同归，幸甚至哉！

（一）乡味

列布尔迪写过一则故事。

二战刚开始，原本住在柏林的一家子犹太人因为形势所迫，不得已流亡。大概是上帝给他们一家开了个小玩笑，这一家子但凡前脚刚落地，准备在此处休养生息安静度日，后脚德军的部队就杀气腾腾风卷袭来。所以疲于奔命提心吊胆，成了他们的日常生活。

所幸这一家人都会手艺，丈夫是做德国香肠的高手，老婆能酿啤酒，一对儿女腌制的酸卷心菜风味独特。

烹饪技术成就他们的一线生机。

远赴异国他乡的德军将士吃腻了行伍配餐，对于当地特色也是浅尝辄止，口中早就淡出鸟来，没曾想出国千里，还能碰到纯正的德国食物，自然心情大好。

虽然是犹太人，但能满足大爷的嘴巴和胃，也就睁一只眼闭一只眼，好酒好肉端上来，就饶你一家小命，大皮靴一踢赶紧滚蛋。

这犹太一家靠着德国传统美食，用味道贿赂了边境官，用食物征服了巡查士兵，最后一路逃到苏联。终于以为这下子天下太平万事大吉，可苏德之间又开战了。

文章的结尾，妻子忧心忡忡地问丈夫怎么办，还继续逃吗？

丈夫笑笑，说：“上帝保佑会做啤酒和香肠的人。”

这是作者的黑色幽默，却也说明这个世界上无论哪国无论何种，到最后舌头打分最高的，都是自己家乡那一口。

据说夏目漱石罹患精神疾病的根本原因是伦敦的食物太难吃了，他远在海外的日子，无时无刻不在想念着日本料理。

这事儿至少我觉得靠谱。

远在伦敦的学姐，常年以面包土豆为食，奈何吃惯了大米白面油炒锅煎，对这类食物确实不感冒，再加上她自己不善烹饪，竟出现飘飘乎如遗世独立，羽化而登仙的征兆。

后来她额娘远赴万里来看她，随行行李竟是电饭煲和调料。

到了租住的地方，先去了唐人街采购，之后回屋煲汤做菜蒸饭。

那天的饭食，连米粒儿都没剩下。

“吃这一顿，能管半年，我得好好活着，活到能回国吃东西的那一天。”

甭说国与国这么遥远了，单是中国，各省各市，甚至乡县之间，所做食物的味道都千差万别。

有人身在北京想着上海的锅贴，有人远在广州盼着东北的酸菜白肉。

因为吃不到，所以惦记，哪怕吃着挂名的，却还是因为和自己心里那味道相差太远而常念常想。像是拿狗尾草逗小猫，明知道它就在那儿，急得团团转，可偏偏抓不到。

恨恨恨！气煞我也！

久而久之，自然心忧成疾。

这病有个通俗的名字，叫“欠一口儿”。

还有个好听的名字，叫“乡愁”。

我肠胃不好，却多应酬，每逢醉酒早起，都想吃面。

虽然是北方人，但少小并不在此生活。

那地方离京城千里之遥，火车须昼夜前行方抵，想吃那儿的面。

酒醉以后出过不少洋相，但也壮着酒胆直抒过胸臆。

喝多了，央求兄弟帮我买了火车票，连夜送上了火车。云里雾里不知东南西北，躺在卧铺上胡思乱想。

要吃牛肉面，不是兰州拉面似的清汤寡水，也不是加了糖与醋的美式甜酸口。

要辣！

必须是店家四五点早起，现熬开的牛油，兑在整晚闷在火不熄大锅的牛肉汤里。油浮在汤面上，带着红色的光，辣椒混着，分辨不出，单凭口感尝出那股冲喉咙的刺激。

面要是碱面，劲道，过水十来秒就提起，底下盖上焯水的豆芽。

牛肉不是丁状，而是大片的卤牛肉，放在锅里完好无缺，送进嘴巴却立刻化了。

撒葱花，点韭菜。

再搭上一碗黄酒。

迷迷瞪瞪，糊糊涂涂。

嘿，怎么我还真坐在店里了？

感情不是做梦啊！

电话铃响，所里打来电话。

“你丫哪儿呢？这新来的案子还接不接了？”

酒醒以后，立刻软蛋一个，期期艾艾央求领导暂缓几日，自己喝多了，这不知为何就上了火车，再不知怎么的就跑来吃面了。

扣工资！电话那头振聋发聩。

心里情绪百转千回，可那乡愁却无影无踪了。

扣就扣吧。

一碗牛肉面，一口黄酒。

能解千愁！

“老板，再来一碗！”

（二）友粮

常有人瞧不起酒肉朋友。

这事儿办得不厚道。

这年头，肯空出时间来和你一起喝酒吃肉的，才是真朋友。

能不能吃好，七分在菜，三分在人。

独食有乐，可往往有朋友才吃得踏实。

我有一个朋友，号称京城饭侃王。

这名号有点儿怪，但解释一下，就能理解。说的是这人但凡吃菜，总能给你从菜的名字和品相侃出点儿什么，引经据典，讲讲来历。不过令我奇怪的是，只要他在，这菜怎么来的最终都归结到慈禧太后和乾隆皇帝身上。

今儿老佛爷跑西安，吃了回羊肉。

明儿乾隆跑杭州，吃了回醋鱼。

这让我对这二位古人生出了大不敬。

感情回回这菜都是您二位吃出来的，全国各地到处旅游当吃货，这国家大事儿还管不管了？

不过我还是愿意和饭侃王一起吃饭，逗乐，吃得欢实，希望有一天能从他口里听到一道不是由老佛爷或皇上发明的菜。

还有一位，我和他是在朋友的饭局上认识的。

当时一桌，坐在隔壁，互留了电话和网络通讯。

但说实在的，萍水相逢，根本没有交集。

后来有一日，恰逢我去朝阳办案，到中午要去吃饭，想起来这位兄台正住在此地。心里寻思发一短信，问问周围有什么好吃的。

三分钟后，对方回复：原地待命，他马上下楼，带着去吃，这地儿他熟。

俩人见面相互寒暄，却不多话，直接杀奔饭店。

这位确实在吃上颇有研究，点菜讲究，从凉碟到大菜，前点与甜汤，都门儿清。外国文化，中国习俗，怎么吃，怎么好吃，都讲得头头是道。

讲到做日本生鱼片，用什么刀，沿着鱼腹横切，取肉，薄且重。

最后这词，我不明白，这鱼肉怎么能做到又薄又重呢？于是他拿出餐桌一张纸巾，满浸茶水，递我手里，言道与此类似。

于是了然。

和他在一起，是学习，却不压抑，是吃饭，却不无聊。

酒足饭饱以后，AA付账，相约以后有空再聚。

人生得一饭友，也足矣。

少年郎也怀旧。

毕业以后，我常做梦，梦见和大学的兄弟在宿舍里涮锅。

那时候没工资，囊中羞涩，一人出二十块钱从网上买了个电火锅都心疼得要命。常备的食物是方便面，如果有改善伙食的机会，就凑钱去楼下超市买涮肉，一包火锅底料，一大棵白菜，几个鸡蛋。

没什么工序，更没什么技术。

水烧开，打底料，扔鸡蛋，涮肉，涮白菜，最后煮面。

吃得饱，也满足。

五六个人围着个小锅，热气腾腾，一边警惕着宿管阿姨查房，一边大快朵颐。

后来，各奔东西，再难聚在一起。

2014年年初，有兄弟提议，咱们再聚一回，回学校寝室聚。

大家开始刮脸剃胡子，把发胶整好的头发重新打散，脱下西装，穿上运动装，相约宿舍楼下。

带头的同学手里拎着个黑袋子。

问是什么。

答曰：锅。

妙极！

各去超市买了东西，塞在背包和衣服里，仗着自己年轻脸儿熟，趁着宿管不备，溜进楼内。

大寝室，无人入住。

搬板凳，借插座，烧水洗菜。

大家又排排坐，挨着锅。

挨着兄弟。

水开沸腾，底料灌入，红油四起，如狼似虎大吼，下肉！

搭配得当，正如当年各司其职，传菜的，切菜的，涮菜的。

筷子伸进去，夹一块儿，放嘴里，还是那个味儿。

忽然间，门吱呀而开，宿管云淡风轻飘然而入！

“不让你们用锅，不知道啊？”阿姨横眉冷目。

所有人立刻低眉顺眼装好孩子，阿姨，我们知道错了，没有下次了。

接受批评教育，保证吃完就收拾好，阿姨满意离开，可刚踏出房门，转脸儿又回来，指着一人。

“我记得你不是毕业了么？”

立刻慌乱，脸涨得通红，眼睛乱瞄，大气不敢出，噤若寒蝉。

“我！我留级了！”

有惊无险。

大家重归锅前，大力称赞机智过人。

“不知道等我们都胡子拉碴了，还能不能再混进来，吃这么一顿！”

我不敢说自己常梦见他们的事儿。

赶紧夹一筷子肉搁在嘴里。

别人问我，怎么了这是，怎么眼泪都快流出来了。

辣！

我说。

这顿饭六个人吃，一百五十块钱。

寻常东西，可是拿千金我都不换。

和朋友吃饭，吃的不是饭菜，吃的是粮。

手里有粮，心里不慌。

有朋友，也这样。

（三）佐餐

佐餐可用酒，亦可用茶。

可要我说，还是用书为好。

以书佐餐，讲究相映成趣。

书中文字，手中之食。

原来找朋友借过他的书，沈宏非所著《饮食男女》，封皮尚且完好，但内里却不堪。

油印饼渣夹缝之间，醋味儿辣油点缀其中。

我问朋友怎么书看成这德行了。

他说边看边吃，浑然不觉。

这佐餐料，下得分量够足。

我原来从不相信看书能把人看饿了，等接触到此类作品后，才真正知道光凭文字，就能把人的馋虫给勾出来。

佐餐之书以唐鲁孙、梁实秋、汪曾祺三位先生为佳。

但这也带来些许弊端，三位老先生所写，多是旧风味，无论是菜肴还是做出这些食物的酒楼，大多百不存一。就算是书中所写的家常菜，要真拿现在的去对比书中的文字，反而会觉得这佐餐书里的，比自己嘴里，更美味。

写书的小道成了通感的大道，文章千古事，大概就是如此。

所以不妨简而化之，取清水馒头，本身食物的味道淡了，反而能吃出书里的滋味。

那味道不在嘴里，在心里。

化腐朽为神奇。

但佐餐说到底只是辅助，以书里的文字填了食物本真的原味，乃权宜之计。

真正好料，要如塞在旺火里的干柴，手枪里的撞针。不是演唱嘉宾抢了专场歌手的风头，而是憋着劲儿，把那些闷在食物里的精气神儿全给勾出来。

冬夜。

用卤好的牛肉，不管厚薄，切成片，码在盘子里。辣椒籽儿，用滚油炸了，直让人想打喷嚏，趁着热气儿，拌上香油和醋汁儿蒜末，淋在牛肉上。

陈酒，不分浑浊，倒入白瓷瓶，底呈托盘，浸温水。

闭门掩窗，酒香扑鼻。

取一卷《水浒》在手。

要读那第三十回“张都监血溅鸳鸯楼”。

只管大口吃肉大口喝酒，看书中武松在白粉壁上用血写八个大字：杀人者，打虎武松也！

腹里的酒全热了，火辣辣地向上涌，压在嗓子眼儿里，喝一声：好胆！

再看窗外，天降大雪，如飞鹅毛。

（四）遇菜

二十二岁时在京城，孤身一人，心比天高，不肯要父母接济，放话自己闯荡。

蜗居六人间宿舍，上下铺，昆虫横行，厕所污水翻涌。

入不敷出。

吃饭只求温饱，不求味道。

跑遍方圆百里，只求能找一家白喝棒碴儿粥的香河肉饼。

饼是薄皮，用大锅煎了，内里夹着很少的肉，混上白菜，调了味儿极重的盐与味精。

五元半张。餐桌上放着小碟子与辣椒。一个摆在门口的大锅，内里装着稀粥，一根长勺，直插入底，单手难拎，让人觉得自己是少林寺的武僧。

第一日吃，饼足粥饱。第二日吃，尚可。第十日吃，食不下咽。

由不得选择，更不得好菜，这是强求。

二十三岁，文章入了末流，渐有稿费。

京城馆子，多如牛毛，恨不能三头六臂五张口，吃遍所有，以解我往日旧恨。查看网上点评，按图索骥，日本料理意大利菜美国特色番邦佳肴。再求新意，私房菜分子料理艺术食品。颇以为傲，顿觉自己上升为美食大家。

吃必有名，谈必有物，寻常小店不再问津。

听朋友讲有一家烧烤店，味道冠绝京城，连谁谁和谁谁谁都曾去过，从夜七点到凌晨三点，门口车辆不减。

据说招牌肉串是红柳木为筋，连肉成串，炭火烤出油来，撒上香料，用铁盘称了端上桌。羊也不寻常，大西北山上跑的，由当地宰了，再用交通手段运来，保证当日杀当日吃。

谣传那羊的肉都是灵的，一个拔地蹬，能从平地窜到三米高的岩山上。

心生神往。

虽然去吃个串儿跟在京城排队摇号儿似的，但也愿下苦工夫，连等俩月，终于有了空桌。

邀了朋友去吃，赞不绝口，恨不得要把天都夸塌下来。

再过两月，听闻烧烤店关张大吉，百思不得其解。

后来偶然经过原店址，听见门口几人聊天，恍然大悟。

“那么有名的店，那么好吃的东西，怎么就关了呢？”

“缺大德！那儿是什么羊肉啊，都不知道是什么畜生的肉，就这么串了烤着吃。”

“我确实吃出羊膻味了啊！”另一人问。

“嘿，我怕讲了你恶心。”

“说吧，受得住。”

“那味儿，都是加上去的，用的什么？羊尿！知道么！拿那玩意儿泡一晚上！能不膻么！”

顿觉腹内翻江倒海。

想起曾经吃过的店铺，自己究竟是真觉得味道不错，还是冲着牌子心理暗示？原来嘴里觉得好吃，无非是又多为金字招牌加了个粉丝，为地沟油消耗做了贡献。

好菜该当邂逅。

在北大上课的时候，常去南门外买些吃食。都是小摊，麻辣烫水饺烧烤，又或者十元一盘的盖饭。平淡口味，常吃虽不厌，但也谈不上喜欢。

大概是十一月某日，天干物燥，风起气寒，南门铁栏外扎起一个小棚子。

三张桌子，两口大锅，都严丝合缝地盖着。

中年夫妻模样的人站在棚屋里，外面摆着用破旧纸板写成的招牌“驴肉火烧”。

正好赶上饭点，我去要了一个。

男人接钱，女人掀锅，热气腾腾，煮成酱色的肉块和汁儿混在一起。捞起来，切块，切片，再从桌边的小碗里拿出个条状物，切了两三片，一并塞在馍里。

男人说，这是驴碗口。

保定口音，带着横冲直撞的劲头。

他说的是俗名，实际上那是驴的不雅之处，但补身益气。

换一把刀，从桌下抽出把韭菜，切成极碎极小的沫子，一并抹在馍里。

咬一口，馍外焦里软，肉不柴不腻，而且不像卤肉，像炒肉。

男人解释道：家传手艺，叫二进宫。是当年老爷子坐牢的时候，狱友教他的，说是驴肉卤好，再用热油回锅，有奇香。老爷子学会以后，就起了这么个名字，虽然不雅，但一来是纪念牢狱生涯，二来也和做法相合。

我又加了一碗驴杂汤，清汤，些许内杂，点缀葱花。

女人说，冬天吃，舒服哩，但吃了晚上要多动动，肚子里有火。

果不其然，当晚吃好，浑身大汗，从脚板心到脑袋顶儿，毛孔都开着。

第二天想再去吃，简陋的小店已经不在，只剩下压棚子的大石块。

还有一次，与朋友坐车去神农架。

路遇大雨，道路土崩瓦解，进退两难。

下车到农家借食借宿。

恰值晚餐时间，农家端出两菜，都是用大脸盆装着的，一道是凉拌萝卜缨，一道是萝卜焖烧排骨。

大快朵颐。

酣畅淋漓。

夜行有车前来，报说道路抢修成功，于是再次上车。

回首望去，长草如剑，灯火迷蒙，夜色漫漫。

有些菜，只可遇，不可求。

（五）终食

人生不过一碗饭。

金圣叹临终前言及“豆腐干与花生米同嚼，有火腿味”。

走得潇洒。

人死之前要吃好。

饱死鬼好过饿死鬼。

无论古今中外，犯人行刑之前，都有所谓的“断头饭”。

原来听美国的朋友讲过一故事，我权作有趣段子来听。说是当地监狱有犯人被判处电刑，将要赴刑场之前，监狱问他对自己的最后一餐有什么要求。

他说自己当年抢钱杀人，实因出身粗野，想做一个有修养有品质的人，希望最后一餐能吃得优雅些，求典狱长成全。

典狱长点头允诺。

白布长桌，法式餐，从前餐到最后甜点，倒酒侍者，提琴伴奏。

据说死的时候，这位杀人盈野的屠夫竟然平静如同绅士。

岚山光三郎写过一本书《文人的饮食生活》，里面记载了不少日本文人临终的景象。

北原白秋的绘画和诗歌中常出现有关苹果的意象，所以直到临终病危，连流食都少吃的时候，竟然还吃了两片苹果，大声连说两遍。

“好吃！好吃！”

将吃饭的欲望视为生命源泉的正冈子规，在病床之上纯属自虐式的摄取食物。彼时他已患嘴疾，竟然命医生把牙龈的脓疮都割去，重新开始吃饭。

至于夏目漱石，他因偷吃花生米而死，在临终前竟然还对旁人说想吃东西，在喝了一点葡萄酒，说了好喝后，闭上双眼。

文人的临终往往如此，戏剧化，犹如他们的作品。

看野史的时候，读到一则故事。

说是有一个叫刘直的人，从小就调皮捣蛋，招猫逗狗，谁都不待见他。

后来他做了地方的武官，官职也就芝麻大，这下可不得了，老百姓说，丫平时就够呛，这下当了官儿还不得更没溜儿了。

但还没等刘直干出什么没溜儿的事儿，金兵就打来了。

城没破，官儿先逃。

嘿，到最后您猜怎么着，这刘直反而成了城里最大的武官。

之前逃跑的长官领着人来到城下，喊：刘直，你把门开开吧，等你当了带路党，我给你升官。

刘直说，哎哟，长官，这可不行。我从小就给城里大爷大妈添了不少麻烦，等这大祸临头的时候，我要再添麻烦，那也太不是东西了。

话说完，张臂松指，嗖一下箭就射出来，正好扎在马前。

长官灰溜溜地回了金营，说，没溜儿的人一旦有溜儿起来，那可就麻烦啦。

刘直坚持了挺久，但最终因为没粮，城破。

金兵在刘直那小院儿里找到了他，团团围住。

刘直嚷嚷道，你们都给爷等着，还有两口爷就吃完饭了，等吃完，就又有力气杀你们了。

金兵想，不对啊，这城里不是没粮了么？

正想着，刘直冲出来了，转瞬间砍倒两人，但很快就被乱刀砍翻在地。

血流满地，有金兵一刀把刘直的肚子给破开了，胃里都是树皮。

刘直瞧瞧自己的肚子，嘴里喊道：快哉！

声音渐小，终不可闻了。

这最后一顿饭，真他妈快哉！

俄罗斯小伙

Eluosixiaohuo

他最后对我说，要我给他画一张素描，如果有一天他战死了，不要用照片，就把那张素描摆在追悼会上。

大毛要去俄罗斯的列宾美院上学了。

临行前，我去机场送他。大毛死活拽住我的衣服不撒手，哭天抹泪地问我，听说毛子那儿特别乱啊，坏人特多，还经常抢劫华商和留学生，你说我这弱不禁风一学艺术的少年去了那儿，还不是“尸骨无存”啊！

我握住他的手，语重心长地对他说，兄弟，你出国了就是代表咱们的形象。你去了那儿，要是遭了罪，那才说明咱们这儿的优越性啊！另外啊，我听说俄罗斯属于典型的女多男少，你去了说不定还能够来一次异国恋，多浪漫不是？

大毛一听这话，脸刷地就红了，他低着头轻声对我说，艾玛，你说啥呢，我就只知道俄罗斯美女多。再说了，这人种不一样，昨晚我给你的片儿，你又不是没看，我们那啥差距有点儿大。

我仰天大笑，哈哈哈哈，然后对大毛说，你啊你，毕竟还是图样。

大毛就这样怀揣着我送他的一盒口香糖奔赴了圣彼得堡。从那以后我和他的联系就不算频繁了，大多数和他有关的消息都是从其他同学口里传来的。从最开始我听说他是在素描系，后来听说这小子专攻人体艺术，经常为脱得光溜溜的漂亮俄罗斯妹子写生，真是让我等单身屌丝恨得牙痒痒。再后来小道消息就传得越来越离谱，说什么大毛被一个石油大亨的闺女看中了，就此留在俄罗斯，天天过着手持黄金AK怀搂金发大妞的日子。

眼瞅着这信息乌泱乌泱扑面而来，就连梅普组合决定把下一任政权交给大毛的谣言都被传的风生水起。

我本着不信谣不传谣的微博大V精神，决定亲自去问问大毛，到底是怎么一回事儿。我提前一天给大毛QQ上留了言，说明天我想和你聊聊，我按照北京时间23点，你赶紧换算一下时间，到时候咱俩视频见。

第二天，大毛准时出现在电脑前，光着膀子，朝我挥挥手。

我说，兄弟，穿得挺清凉啊。

大毛点点头说，嗯哪，圣彼得堡现在是夏令时，比北京差四个小时，我这刚吃完饭一身汗呢。

我冷笑道，哟，可别蒙我，是不是等会儿有什么活动啊。你的小故事都传开啦，什么为俄罗斯大妞画画，什么入赘大富豪家里，好好老实坦白，人民政府的政策你也明白。

大毛咳嗽两声，正色道，对于这些谣言，我早就有思想准备了。

我出国留学，是要触及一些人的利益，是会有不同的观点和看法，而且已经形成了造谣传谣的那一小批碎嘴分子，社会联系还很广泛，是有舆论威力的。我敢于出国，就像古人说的，敢同恶鬼争高下，不向霸王让寸分。就是要有这种社会主义人才让腐朽的资本主义见识的精神。也有不少人给我泼脏水，甚至给俄罗斯的女性们泼脏水，甚至说我在外边学习，还和俄罗斯大妞们不清不楚，一派胡言！我感到非常气愤。

大毛正在义愤填膺地说着，我就看到他身后走来两个身着性感内衣的金发大波姑娘，一左一右架住他的胳膊。大毛之前的都督范儿荡然无存，满脸通红地对我说，有点儿事儿啊，我先去处理一下，等会儿和你说。

话音未落，大毛的身影已经消失在我的视线里。

我愣在了当场，过了一分钟，一个光膀子的外国小伙儿鬼鬼祟祟地坐到了大毛的电脑前，冲我挥挥手。我一看吓了一跳，这可是外国友人啊，可惜我不会俄语，只好拽两句英文。

我结结巴巴地说，How are you?

那个外国小伙儿嘿嘿一笑说，嗯哪。

一股酸菜白肉和苞米碴子味儿。

第二天，大毛主动在Q上找的我。

大哥，对不起啊，昨儿那俩是我找来画素描的模特。约好时间的，结果我一和你聊天就把人家给忘了。

大毛向我这么解释道。

我说，得啦，都是男人，理解万岁。不过昨天那个和我聊天的小伙儿挺带劲儿啊，那一口中文说的，嘿！

大毛笑着说，哦，那个啊，是和我一起合租的列昂尼德，你就喊他列宁就行。

我说，你丫怎么老不忘记给人家起外号，不过他怎么会说汉语啊？

大毛向我解释说，列宁同志的妈原来在圣彼得堡做生意，留列宁同志一人在家里待着，那时候列宁同志还小啊，于是他妈就找了一个华人保姆带他，结果一不留神，就给培养出来一个带东北口音的列宁同志。

我说，那岂不是很好，在国外你还找了一个能用汉语交流的同学。

大毛说，别提了，那就是个战斗种族里的极品二逼青年。

大毛给我详细介绍了一下他们租住房屋的情况，一共两间卧室，都是在列宾美院上学的学生，共用厨房客厅卫生间。他和列宁同志住一间，另外一件卧室住的是一个印度三哥和一个巴基斯坦小伙儿。

大毛说，其实之前没觉得列宁同志有啥蛋碎的地方。最开始我碰到他，他用中文和我打招呼，我还兴奋了半天，有种他乡遇故知的感觉。虽说合租以后大家生活习惯多多少少有点儿问题吧，但是打呼噜梦话也都能理解。

结果有天晚上正睡得迷迷糊糊，听见房间里有人翻腾东西，大毛坐起来打开灯，就看见列宁同志一只手拿着面包，一只手拿着大毛买的念慈庵川贝枇杷膏。列宁同志看到大毛醒了，朝他笑着说，肚子饿了，我用你的果酱沾点儿面包吃。

一咧嘴，满嘴黑。

我说，卧槽，闹半天，列宁同志只是会说汉语，不认识瓶子上的中国字儿啊？

大毛说，这逗比闹腾的事儿多了去了。我们这儿四个人，就他妈我一人儿做饭，他们仨都是懒得动活儿。最开始他们也没好意思蹭饭，结果有一天我做炒饭做多了，就给列宁同志也盛了一碗，丫端着碗到处炫耀，跑到隔壁房间逗那个巴基斯坦小伙儿，弄得人家也想蹭一口。

结果你猜怎么着？

列宁那二逼，告诉巴基斯坦小伙儿，说大毛在中国有一个尊称，发音读出来叫baba。你用中国的尊称去喊他，他绝对也会分你一碗。

你能想像一个皮肤黝黑的巴基斯坦小伙儿眼巴巴看着你，用别扭的中文喊你爸爸么？

我只好哎哎哎答应着，给丫也盛了一碗。

后来巴基斯坦小伙儿知道了真相，差点儿拿枪把我和列宁同志突突死。

大毛正聊着，我就瞅着他身后噔噔噔跑过去两个光屁股的少年，一路大呼小叫。

我问大毛，这又怎么了这是？

大毛扭头瞅了两眼，对我说，卧槽，又他妈是列宁同志干的好事儿。昨天那印度小伙儿喝醉了，结果列宁同志趁着人家烂醉如泥，把印度三哥的毛给剪掉了！现在那印度三哥拿着枪要毙了列宁，先不和你聊了，我去拉架。

后来听大毛说，还是他出面阻止了印度三哥和列宁同志的火拼，巴基斯坦小哥直接吓尿了，站大毛身后直哆嗦。

我问大毛，俄罗斯还允许持枪啊？

大毛说，嗯，就是管得严，列宁同志有持枪证。多行不义必自毙，印度三哥把列宁同志的枪翻出来了，丫差一点儿就倒在自己的枪口下了。

不过人民内部矛盾总是暂时的，好歹四个人的友谊随着学习时间也日益加深了。按照大毛的话说，只要列宁同志不犯二，四个小伙伴还是可以愉快地玩耍。

七月份，大毛给我打了个长途电话，和我说，列宁同志决定和他一起到中国来玩儿一趟，请这边的社会主义阶级弟兄做好接待的准备。我说我没接待外宾的经验啊，唯一和外国人打交道就是和我的德语老师，现在丫还一个人跑东莞去寻找真善美了。

大毛说，别的无所谓，就是带着在北京吃吃玩玩。

我说那成吧。

大概是八月初，大毛和他的列宁同志真的来了。我在机场接机，瞅着列宁同志的确是一表人才，谢顶也谢得比较有特色。我觉得倒不像是列宁同志，倒是有点儿像普京同志。大毛站他旁边完全就是反面人物的典型，活脱脱《小兵张嘎》里的胖翻译。

来了北京三四天，我和大毛领着列宁同志吃了特色小吃，也逛了不少地方，总体来说还是达到了中俄友好的目的，既保存了中华人民共和国公民的尊严不卑不亢，又表达了对远道而来俄罗斯同志的亲热和欢迎。

到了最后一天，列宁同志对我们说，受招待这么久，吃了这么多好吃的，也要露两手给我们瞧瞧。我和大毛陪着列宁同志逛了一上午超市，然后采买了不少食材，回到大毛家里，列宁同志就一头扎进了厨房。

我和大毛俩人看着列宁同志手持明晃晃菜刀，砰砰砰在案板上一阵乱剁牛肉，心里一阵发慌。我拉着大毛逃出厨房，问他，列宁同志不是不做饭么？丫到底行不行啊？可别临走前弄伤了外宾，不好向祖国交代。

大毛皱着眉头说，列宁同志吧，也就会做两道菜，一个是煎牛肉饼，一个是土豆炖牛肉，这他还是拿手的，你尽管放心。在列宾美院上学的时候，列宁同志专门网购了一把霜之哀伤，一米多长的钢制仿真剑，到货第二天，我就瞅着这货拿霜之哀伤在厨房里剁土豆。丫现在拿菜刀，不比拿霜之哀伤顺手多了？

我又扭头进了厨房，看见列宁同志已经把牛肉馅剁好了，紧接着把切碎的圆葱、西芹也倒进盆子里，拿盐胡椒粉俄力冈搅和在一起拌匀，还专门打了一个鸡蛋进去。我估摸着列宁同志是准备做牛肉饼了。

怎么样，是还靠谱吧？大毛问我。

我点点头。

大毛递给我一支烟，我俩在客厅里坐下。大毛对我说，其实列宁同志人不错，糙是糙了点儿，二是二了点儿，但的确是个好朋友。我在圣彼得堡遇见过一个事儿，从来没和别人讲过。我今儿和你嚼一下舌头。

大概是年底，我去参加华人聚会，晚上喝多了，所以回来得特别晚。

俄罗斯天儿冷，到了那个钟点路上几乎就没什么人。结果你猜我遇到什么人了？

我他妈遇到光头党了。

七八个人，全是虎背熊腰的毛子，围着老子要钱，手里还拿着家伙。

我一看这架势，钱和命二选一，那只好破财了呗。结果我给了钱，那群还没完，接着准备上来要弄我。我新闻里也看了不少，一般华人遇到光头党，不死也是重伤。当时我就想，这下我他妈是要交代在这儿了，但是也不能不反抗啊。我就扯着嗓子喊。

我们那租的是二楼，我估摸着，怎么也有两米高了吧。列宁听见我喊声，衣服都没穿好，左手拿着他那霜之哀伤，右手拿着小破枪就从阳台跳下来了，直接冲我面前，挡住我。列宁手里那虽然是轻型枪，但好歹也有杀伤力，结果对面那群逼甩了几句狠话就走了。现在想到，还心有余悸。列宁同志直接跳楼，把脚也给崴了，养了一个多月的伤。不过要是搁我身上，估计腿都断了。

正说着，厨房里列宁大呼小叫，喊大毛过去帮忙，俩人折腾了大半个小时，总算在十二点前把午餐搞定了。列宁同志果然是做的煎牛肉饼，拿着面包渣蘸了，周围还配的有炸土豆条和酸黄瓜，味道相当不错。我们喝了点儿啤酒，看得出来列宁同志很尽兴，还为我和大毛唱了一首《神圣的战争》，最后把午餐划了一个完美句号。

下午，我和大毛送列宁同志回国，这次他没坐飞机，而是坐的从北京到莫斯科的国际列车。列宁同志很特别地带了十瓶川贝枇杷膏，说这玩意儿比果酱好吃。

快到发车的时间了，大毛和列宁坐在椅子上用俄语小声交谈。

我很诧异地发现大毛的眼圈有点儿红。

大毛和列宁同志站起身来，列宁和我握握手，说非常感谢。然后对大毛低声用俄语说了几句，然后拍拍大毛的肩膀。

我问大毛，列宁同志都和你说了什么。

大毛说，列宁说他不准备继续在列宾美院读书了，他想去参军。他老爸就是打车臣的时候战死的，虽他妈不想让他从军，让他学艺术，可是他还是觉得自己应该去参军。

我说，列宁同志真是战斗民族的优秀代表。

大毛点点头说，是，他最后对我说，要我给他画一张素描，如果有一天他战死了，不要用照片，就把那张素描摆在追悼会上。

我和大毛远远望着进站口的列宁。

列宁同志站在那里，秃头顶在灯光下闪闪发亮，显得有些滑稽，但是我和大毛却都笑不出来，只是看着他向我们挥挥手，之后转身离开。

时光荏苒，一年过去，听说列宁同志还是选择了投笔从戎，训练后调往了靠近格鲁吉亚边境的部队服役，这是我所知的关于他的最后的消息，从此再无联系。

旅客

Lvke

郑小青是车上的旅客，我觉得她很勇敢，可是也很愚蠢，她勇敢地付出所有感情，可是却愚蠢地把每个邻座的人都当作将要和自己一起前往生命终点的同伴。

我在长途车上，从保定开往北京。

中间停站，郑小青下车，一个中年女人占据了空位，坐到了我的旁边。这个女人大概三十岁的样子，昏暗的灯光下，她的双颊也能显出异样的酡红，我从她的身上闻到了一股酒味儿。

郑小青在车窗外向我挥手，我朝她点点头，看着她转身一步步隐没在夜色里。

汽车继续向前，车载电视嗡嗡的放着广告，车上的人们昏昏欲睡，而我身边的女人拿起一个口气清新喷雾，朝自己嘴里喷着，车窗外闪烁的点点色彩映照在她的脸上，不停变换。我突然意识到自己这样一直盯着一个女人看似乎很不合适，于是低下头摆弄我的手机。

“是你的女朋友？”

我抬起头，看着身旁的女人，我没想到她会主动和我说话。

“那个小姑娘。”她笑着指指窗外。

我摇摇头说：“不是，那是我朋友的妹妹。”

“她哥哥叫郑直，是我的兄弟，今天是一起过来看看她，顺便吃个饭喝点小酒。”

女人撩了一下头发，对我说：“学生就是好，自己找酒喝。我这上了班，就是迫不得已喝酒了。哎，对了，你听说过安利么？”

我愣了一下，觉得这个梗莫名其妙的熟悉，也莫名其妙的烂。自己从来都是把它当笑话讲，但是没想到真的有一天有人会这么问我。

我回答说，听说过，但是都是当笑话听的。

我身边的女人听了我的话，笑个不停，一边笑一边对我说：“你这不按套路出牌啊，简直是打斗地主，一上来先把大小王和炸弹全甩出来了。你这么说，还让我怎么接话啊？”

顿了一下，她止住笑，对我说：“我真是在安利工作。”

我有些尴尬地咳嗽两声。

那个女人岔开了话题，对我说：“我看这时间也不早了，你这把人家小姑娘丢在车站放心？她男朋友来接她么？”

我回答道：“我和她不熟，所以我不太清楚……”

我和郑小青的确不熟。

有没有男朋友来接她，我也不知道。

我之所以认识她，还是因为她哥哥郑直喊我去揍她的前男友。

大概是2011年秋天，我接到了郑直的电话，说有急事儿要我过去会合。

电话里郑直简要介绍了一下情况，就是郑小青谈了一个同校的男朋友，俩人爱情生活不注意，一不小心郑小青就中枪了。结果那个小伙儿听了这个消息，托人给郑小青打了三千块钱堕胎费，然后发了个短信说分手。

烂俗的剧情大致就是这样，郑直把我带到他妹妹的学校后门，远远地我就看见一小姑娘站在那里，哭得梨花带雨，一个男生叉着腰不耐烦地听着。

“操，就是那小子！”

话还没讲完，郑直已经窜出去了，一拳砸在那人脑门子上，然后用胳膊肘箍住那个男生的脖子，像拖着死狗一样往学校后门的小花园里拎。郑小青跟在郑直后面，一直哀求郑直别再打了，可是转脸郑直又用拳头给了那小子面部一下，当时鼻血就哗哗地出来了。

那小伙子挣扎了一下，嘴里呜呜咽咽的要说话，手上也有反抗的动作。可是哪儿架得住郑直力气大，直接一脚给踹趴下，郑直随手捡起路边的石头，就要往后脑勺上招呼。我赶紧抱着郑直，不让他继续动手。

郑小青和我慌着忙儿地把挨打的小伙儿扶着坐起来，然后郑小青从兜里拿出卫生纸给她男朋友擦血。不过她男朋友倒也硬气，半眯着眼睛呼哧呼哧向外喘着粗气，嘴巴和鼻子都突突往外流血。

郑直指着小伙儿说，知道我是谁么？

小伙儿抬着头说，郑小青给我看过你的照片。我和郑小青已经说清楚了，手也分了，钱也给了，这事儿也该完了吧。我今后不去骚扰她，你妹妹因为这个再有什么困难，我再出钱出力。

他一边说着，一边挣扎着站起来，推开已经哭成泪人儿的郑小青，摇摇晃晃地往学校走。郑直咬着牙，腮帮子鼓起来像是在撕扯什么，却出奇地没有说话。郑小青要跟着去送他，被郑直拦住了。

让他走吧，郑直说。

郑小青呜咽着也要追上去！

“郑小青！你给我站住！”

郑直突然开口说道。

“你能不能少让我操点儿心？”

“你从高中谈朋友，到现在。哪一次受伤的不是你？高中谈了三年，结果高考完人家立马把你踹了。这个从大一开始谈，到现在你怀孕了，又把你踹了！你他妈能不能长点儿本事？能分清楚人吗？能别把自己搞得那么投入么？你他妈把自己的感情生活当琼瑶剧演呢？”

“今天这个混蛋，都和你分手了，你还这么护着他？你脑子真的有病啊？”

郑小青听了她哥的话，眼泪扑簌簌地往下掉，她抬起头说：“郑直，什么叫脑子有病。我找了男朋友，每一个都是拿出百分百的真心对待，就算分了，我也不难过。我就算吃亏，但是我都认真过，努力过。”

郑直气得拿筷子指着郑小青说："都说女人生孩子蠢三年，你他妈至少生了八十多个孩子了。明天我就带你去堕胎！"

说完这句话，郑直突然意识到自己好像不小心触到了敏感话题，脸色铁青地闭上了嘴。

郑小青带着泪笑了笑，然后说："没错。我就是蠢。我怀孕了，所以我更蠢。可是我知道我对我谈过的两个男朋友都好，他们选择分手，我尊重他们的选择。但是我敢保证自己这两段感情都努力做到最好，就算分了，我有什么后悔？"

"我把感情认真对待，有什么错？"

正想到这里，我身旁的中年女人拿胳膊碰了碰我，问道我喝酒的迹象是不是特别明显？

我愣了一下，转过头看着她，然后回答道，其他的都还好，您刚才用口气清新喷雾了，所以酒味儿减淡了一些。不过脸色还是可以看出来，稍微有点儿红，而且妆是不是有些花了？

中年女人笑着说，看不出你这观察得还挺敏锐啊，我们安利就应该发展你这样的员工，看人快准狠，好推销产品！

她从口袋里掏出烟盒，从里面抽了一根递给我，自己也拿了一根。

我赶紧摆手说，我不抽，您也别抽了，这还在车里呢。

哎哟，我把这茬儿给忘了。女人拿手敲敲自己脑袋说道。

喝酒真是误事儿！她一边说着，一边从包里拿出化妆盒和化妆镜。

今天晚上是陪上面的几个经理吃饭，他们到河北来考察，结果公司非要我去陪着，这一下就喝多了。对了，你也别老您您地喊我了，我姓田，你就叫我田姐好了。

她转过头，眯着眼睛笑，看着我。不知道是不是我刚才想事情的原因，我竟然觉得她的眼神很像程果。

程果就是郑小青的前男友。

按理来说，我和他只是一面之缘，但是在2012年的年初，我竟然又碰到了他。

那天晚上我正在和狐朋狗友们在酒吧喝酒，然后感觉到有人拍了拍我的肩膀，我扭头一看，是个不认识的小伙儿，举着酒杯站在我身后。

我皱着眉问，你是?

他笑了笑说，我是郑小青的前男友，我们之前见过一面的。

我一惊，说实话，我的确没认出来。那时候这小伙儿被郑直打得满脸鲜血，没个人样。现在人模狗样的，我一下子还真不认识了。

我叫程果，他自我介绍道。

哦，我姓戴。

尴尬，冷淡，敷衍，这就是我一开始的态度。但是好在我和他并没有什么直接的利益冲突，所以随着喝的酒多了，也就适应了话题。

犹豫了半天，我终于还是问出了一个问题。

程果，你和郑小青真的分了?

他挑了挑眉，喝了一口酒说，是，那次以后就彻底分了。戴哥，你有点儿看不起我吧?

我想了想，考虑了一下措辞，对他说，看不起倒是不至于，只不过你的做法我挺不赞同的。

程果转过身子，背对我靠在吧台上，慢慢喝着酒。直到一杯酒快喝完才开口说，其实我觉得自己也挺混蛋的。

怎么讲呢？和郑小青在一起就是一种特殊的躁动吧。

明知你和她今后四年将不会在一起生活的时候，你开始迷茫，还是彷徨，还有那种自己终于踏入社会的莫名的自由感。你都觉得当初这份感情不值得了。

她就像是一个替代品，只要有了好的再换就行了。

程果讲到这里，转身看了一眼我。我冷冷地笑了笑，然后说，所以你就和她分手？感觉自己还做了一个英雄？

永远做一个替代品，并不是什么好事情。程果回答道。

和她分了之后，我也就随便开始无所谓，微信摇到，愿意约炮就约，有觉得长得不错的，想谈就谈，但是到现在也没有固定下来超过两个星期的。

程果又要了一瓶酒，为我倒了一杯。

我轻声说，谢谢，不过我觉得你还是有向人渣进化的可能。

程果也笑着说，我知道，我本来就不是好人。

我对程果说，我觉得郑小青是真的喜欢你。

程果看着自己的酒杯，喝干了酒，没有说话。然后又把剩下的大半瓶酒喝完，嘭的一声，头栽在了吧台上，然后慢慢悠悠地用带着笑意的眼神看着我，嘴里说，“我知道，有时候会想起她，但我对不起她。”

田姐和我插科打诨地聊着，说孩子还小，她丈夫的妈在带。她丈夫工作一般，也就混个温饱。说安利别看出名吧，其实真是个苦差事，各种看脸色混不下去。

她拿着口红慢慢悠悠地在嘴巴上画着，然后又开始描眉。

田姐说她老公下班了还在家里等她，不知道十点之前能不能赶回去。说完这句，她又开始慢慢摩挲着自己的脖子，慢慢折下衣领。她从镜子里看到了她脖子上的东西，我从侧面看到了她脖子上的东西。

吻痕。

我低下头，默默玩着自己的手机。

哎呀，这下糟糕了。田姐说。

小伙儿，你说怎么办？知不知道有什么办法可以去掉这些？

我尴尬地摇了摇头。

田姐笑了笑，然后轻声说，今天中午大家都喝多了，上面的一个老总就没有把持住。

她停顿了一下，又低声说，其实……一个月前我就和他做过了。

我咽了一口吐沫，低声说，田姐你不用和我说这些。

田姐咯咯地笑，然后拍拍我的肩膀说，你认识我么？

我摇摇头。

她又问我，那我认识你么？

我还是摇头。

田姐把化妆的工具收到了包里，然后对我说，第一北京这么大，以后应该没有机会再遇到了，第二我喝醉了，第三你是陌生人，我才对你说。

我刚刚对你说的……假设有一天你对别人提起，一个陌生女人在一辆长途大巴上对你说她和上司发生了关系，你觉得有人信吗？

田姐看着我，我没有说话。

田姐叹了一口气说，这辆车什么时候到头儿啊。

我也不知道这辆车什么时候到头儿。

郑小青是车上的旅客。我觉得她很勇敢，可是也很愚蠢，她勇敢地付出所有感情，可是却愚蠢地把每个邻座的人都当作将要和自己一起前往生命终点的同伴。她自称为了感情付出了真心，换来的却是邻座的更迭和不断的上下车，她依然在寻找着那个同伴。可是当她明白这一切不是用真心就能换来的时候，她又该做何感想？

程果是车上的旅客。他曾经以为那个邻座的人不是他最重要的组成部分，到最后他推推搡搡赶下车的那个人才是他永远忘不了的姑娘。之后他目睹了很多人来到他身旁的位置，却不再相信有人是那个真实的同伴，他永远在寻找，永远找不到。

田姐是车上的旅客。她经历着生活中应该或不应该经历的一切。我对她知之甚少。和她的相遇，更像是故事会里一个俗套至极的情节，她的座位上已经有了一位同伴，可是她的旅途却崎岖蜿蜒。当爱情在柴米油盐里磨平了棱角激情，还剩下些什么？

这辆车已经开走了，2012年的冬天，自此以后，我再未见过他们。

Chapter three

大哭过的人，才懂
大笑不易

视死如归

Shisirugui

他摇摇晃晃地站起身，张开胳膊像是在拥抱寒冷的空气。

他张嘴大喊，像是败犬的狂吠。

我看着他的背影。

将帅谁都想做，但却少之又少，大多数还是拼死拼活葬身此处的小卒。

站在这里，你能感觉到那种他妈的悲壮。

"我有一个朋友……"

总以这句话开头，并不是什么好事，一来没有那么多朋友好糟蹋，二来也没有那么多故事好糟蹋。

鸡汤喝多会腻，暖文看多了发寒，就算朋友的故事再精彩，读得久了，也起妊娠反应。

假如有这么个人，不是朋友，只是点头之交的熟人，平时碰到了打个招呼就擦肩而过。

然后突然有一天，你得知他死了……

会不会有点儿想法？

这几天恰逢考研报名。

我想起去年参加考研补习班时认识的一个胖子，我忘记他的具体姓名是什么了，只是记得他的体型朴实刚健。

上课的座位安排，我俩是前后排，这个人说话很少，属于性子沉闷的类型，和我这种事儿逼尿不到一个壶里，所以我和他几乎没有什么接触。

我对他最深的印象就是这个胖子很喜欢吃东西。一顿早餐能顶我两三倍的量，上课偷偷摸摸吃，下课光明正大吃，做题的时候吃，休息的时候也吃，我很少见他嘴闲下。

2012年夏天，北京下了一场暴雨。那天我们还在上考研的专业课，下午淅淅沥沥，到晚上出教室的时候积水已经漫过膝盖了。

我没带伞，正为怎么回去发愁，就瞅见胖子蹲在教室外面，把书包里装着的各种吃食都拿出来，该系上袋子的都勒上几道，该封口的都小心翼翼检查一遍，然后点兵点将挨个数数放回书包里。外面的雨都连成了一道幕布，下得太大了，胖子站起身，又把自己的短袖脱了下来，把自己的书包裹住，然后用胳膊夹住书包，光着膀子冲进雨里。

肥硕的身躯在雨中笨拙不堪，但是胖子的面容却神圣宛如抱着炸药包冲向敌人碉堡的董存瑞。

除此之外，他好像就没有什么突出事迹了。考研那半年，大家都是忙忙碌碌的，自家人顾自家人。来了教室，也没什么太多的言语，撑死有题目不会做才前后左右大家一起聊聊看。

大概是到十一月底十二月初的样子，考研机构为了强化训练，让我们都住在安排好的宿舍里，一个人一间，外面有自习室，还配备了盥洗室。

我睡不着，去自习室做题。

那已经是半夜三点多钟了，我路过盥洗室的时候，看到胖子正端着个盆儿接水洗澡。水池旁边还放了一个凳子，胖子把手机搁在上面，放张学友的《她来听我的演唱会》。

水哗哗地流，顺着他凸起的肚子。

那应该是我最后一次注意到他。

直到今年年初，从其他人的口中得知胖子自杀了。

有人说他已经考了三年，这一次又没考上，还有人说他是和女朋友分手了，再加上家里也出了点儿事情，才选择了自杀。

我一开始听到这个消息，稍稍有些吃惊，虽然也急着问确切的原因是什么，但我知道其实心里已经没把这个当一回事儿了。或许是我冷血吧，胖子的死对我来说，只剩下谈资的价值。

六月份毕业的时候，我喝了很多酒，早上四点钟就醒了。

宿舍是在十二楼，我站在阳台向下望，大脑昏昏沉沉。

突然萌生出一个想法，跳下去好不好？

我又猛地被这个想法惊醒，觉得自己一定是疯了。

然后莫名地想到自杀的胖子。

我连他到底是哪个学校的，爱好什么，籍贯何处都不清楚。作为2012年考研大军中的一员，他只是不起眼的那一个。

我记得看过一本书，里面写着“结束自己的生命是一个人最大的也是最后的权利。”

我和他并不熟悉，甚至描述起他的事情来也因为信息的稀少而显得十分苍白，但他的自杀却让我明白自己所处的假想的纯白的学生时代，也可以鲜血淋淋。

我觉得所有死法里，跳楼算是刺激和痛苦都能达到最大的那种，你可以在人生中享受第一次也是最后一次超人的感觉，然后摔成一摊肉泥。

像是被踩烂的番茄，这真是一个很不好的比喻。

电影《草莓百分百》里有句台词：青春就是吃自己喜欢的食物，胖而短暂地活着。

这话不假。

我把胖子的事儿告诉了李少白，问他究竟一个人会在什么情况下选择死亡？

李少白不屑地说你别问得这么文艺了，一个人在想死的时候自然会去死。然后他就不再理会我，转身去写他的剧本了。

李少白是这个二十九岁大龄北漂文艺年青年的笔名，我和他是因为稿子上的事宜认识。我曾经问过他真名是什么，但李少白不愿意告诉我。

他的讯息，我也只是大致了解。

马上奔三，来自河北最著名的工业城市石家庄，自幼吸食工厂废烟，号称五谷不分五毒不侵，末流大学中文系毕业，北漂七年，尚未立业。

但是李少白说他其实有业，他是个剧作家。

他要写一个惊天的剧本，写出来之后就是扬名立万的时候了。那个时候已经没有人拦得住他，他将是震北京震纽约震伦敦的超级戏剧大师。

李少白说，莎士比亚同志几百年前就死了，现在谁也挡不住自己称王称霸的脚步了。

写了几行剧本，李少白对我说，晚上一起吃饭吧。

我说好，看着蟑螂从他的稿子边上爬过。

吃饭的地方选了中关村一家很小的馆子，在地下一层。我们点的涮锅，李少白还要了十瓶啤酒。

我们吃了一会儿，扯了一会儿，李少白挽起袖子让我看他的手腕。

上面一道道的全是伤疤。

我说这是咋弄的。

李少白说，割腕，我也想过自杀。你说人为什么自杀？不还是觉得没活头了么。我毕业以后一直想找个编剧啊，文字啊，这样的工作，可惜都没如愿。但是人总得活，我就先从保安干起，后来还在美廉美当过超市收银员，在中关村的办公楼里当打扫厕所的清洁工，在野鸡学校上课，跑保险，还拉过皮条。可那真不是我要的生活，我就想好好写一个剧本，被人相中拍成故事，这样大家就能看到我写出来的故事。

然而能力有限，没人相中，就只能拼了命混口饭吃。

我对李少白说，你就没想过回家？

李少白回答，我这个人毛病太多，但是回家啃老的事儿还干不出。我和我爸妈说我在外面其实混得还行，温饱不成问题。有一年过年回家，实在没钱给他们买东西，我就去卖血。妈的，第二天我走路都打飘，但是还好挺住了，也没因为卖血染上艾滋病。我白天工作，晚上写剧本，到后来实在扛不住了，觉得整个人都要废了。

开始出现幻听和幻觉，那段时间还嗑药了。说实话，嗑药不是好事。躺在床上，明明所有一切都安安静静的，但就像是有人拿着锤子一下一下砸着正对着我的那面墙。

砸一下，心就颤一下。

明明知道自己闭着眼，但好像就是在睁着眼等天亮。

有时候太阳照进来，醒了，那砸墙的声音才不再有了。

但有时候，那声音遮住了太阳，我好像永远都无法醒来。

李少白说。

现在自己在北京过得再差，也能省下钱寄回去，如果在其他地方打工，肯定没有这么好的条件，李少白这么讲。

我说，你认识得不清楚，你是眼高手低，离开北京也许能过得更好，更稳定，你没把自己的方向把握好。

李少白说，你说的也有道理，但我已经把大把时间耗在这里了。明知道自己慢慢往下深陷，可是想拔脚也晚了。自杀的时候，我也想得挺多，我觉得赖活着终究不如好死。我把手腕拉一道口子，看着血流，很疼。但是我到最后也没死成，我觉得我不能死，我还有爹妈在，我死了，没人养他们。

所以我得活着，哪怕像狗，哪怕自己生活过得稀烂，哪怕吃屎，也得让他们过得好一些。

我们喝完酒出来，走过街天桥，李少白被风一吹，头有点儿晕，趴在天桥上干呕。

从鼎好大厦这边能远远看到李少白租住的楼房，就在北大南门附近。一间六个人，上下铺，一个月五百块钱。一个屋里三间房，一共住十几号人，共用一个厕所。

李少白现在的生活过得好一些了，他在一个广告公司负责出门跑宣传外加发小广告，还打了一份超市的零工，一个月能挣四千多。

他摇摇晃晃地站起身，张开胳膊像是在拥抱寒冷的空气。

他张嘴大喊，像是败犬的狂吠。

我看着他的背影。

将帅谁都想做，但却少之又少，大多数还是拼死拼活葬身此处的小卒。

站在这里，你能感觉到那种他妈的悲壮。

说实话，我觉得李少白没有创作的才华，他写的东西就是一坨屎。但他还活着，像蝼蚁一样伟大。

很久以前。

一个同学给我打电话，问我还在北京么。我开始压根儿没听出来他是谁，直到他自报家门，又往前倒腾了好久，我才想起自己的确曾经和这么个人同学一场过。

都快十年的事儿了。

我说，我在北京呢，怎么了，你来北京玩儿么。

他在电话里说，不是，我来北京治病的，听其他同学说你在北京，好久没见了，想问问看你有没有空，咱俩有时间聊聊。

我犹豫了一下，说好，然后问清楚了医院的地址和病房号。

那天我买了水果和一箱牛奶，然后到了医院。

这么多年没见，人都长变样了，但是好在我还是能认出点儿轮廓来。

他先喊的我，似乎我能来，他很高兴。

这个同学穿着病号服，半坐在床上，看到我来了，很高兴。我俩聊了挺多，从最开始同班的时候聊到上大学，他体力跟不上了，聊一会儿得歇一会儿。

我问他得的什么病，是不是还要动手术？

他说绝症，哈哈哈哈，麻痹老子这次是死定了。

同学说，我找了好多人的电话，总想着要是有一天自己真没了，没和你们再说上话，那该多遗憾啊。

我说，你别说这些丧气话，虽说治疗起来不容易，但是又不是一定治不好。

同学说，哈哈哈哈，我他妈可舍不得死，老子还是处呢。

我说，艾玛，这事儿包我身上吧，只要你出院了，想要外国的我都能给你整一个来。

他拍拍我肩膀说，一言为定。

他和我说他喜欢过大学的一个姑娘，可是还没来得及表白就被其他小伙儿抢先了。

他和我说他特别爱吃他们家门口小馆子做的茄泥。

他和我说，哎哟，我要是去了，我爸妈该怎么办呀。

我们聊了挺久，走的时候是他爸妈送的我，一直送到电梯口。

之后他做化疗掉头发，但是挺精神的。

然后就突然死了。

就是普通人得了绝症之后该有的剧情，看了开头第一句就能知道的结尾。

最后一次我去看他，他还乐呵着和我说，有一个护士姐姐长得真不错，如果有幸活下来一定找她要电话。

他去世的消息是他爸妈发短信告诉我的。

后来我数了数，实际上我才去医院看了他四次，他不是我朋友，就是一个很久没见的同学而已。

这个同学很普通，不帅，不是土豪，功课不是第一。

但我就是觉得他很屌。

他说他怕死，但怕的原因是担心他爸妈以后日子不好过。除此之外，他再也没什么好担心的，至于人生理想或者什么志存高远的事儿，他没和我聊过，或许是没来得及吧。

故事里面的人血液四溅，倒地不起，那都是剧情，我不会当真。

认识的三个人，虽说不是朋友，可这是他们的生活，我没办法把他们也当成假的。

我更没什么人生哲理好讲，片儿汤话听多了一点意义都没有，人不能靠知音或者读者文摘来支撑自己。

本来这些天上课读书复习外加十一月之前要交稿子，忙得一团糟，可偏偏还是码了这些不相干的东西。

因为今天无意间翻出来一张便签，是那个死掉的同学写给我的，上下两行。

“如果难逃一死，请视死如归。”

“如果能够活着，他妈的一定要好好活着。”

吃饭的腔调

Chifandeqiangdiao

豪放派的食客偏装婉约派的小嘴，铁板琵琶大江东去的撸串儿大王硬要掰扯成小口浅酌杏花酒的文艺少女，吃个饺子都要变身为英伦绅士，筷子左右手各摆一根，买个烧饼都要拿手绢擦擦手，然后用倍儿浓重的鼻音腔说，多加葱花，please！

这不叫腔调，这叫矫情。

（一）南北味

上海，暴雨。

我坐在早餐店铺里，外面的雨滴顺着檐角坠在地上，像是一串珠帘。

一个浑身湿透的男人走进店来，四十岁年纪，鬓角稍显灰白，深灰色西装上留下显眼水痕，从发梢到下巴都不停滴着雨点。

缓行几步，跺脚，拉椅，端坐。

点了一碟锅贴，一份粢饭，一碗清粥。

轻嚼慢咬缓吞，吹勺，细饮，摊开报纸仔细看着。

坐在我前排的两个姑娘，低声说道：“格厄宁老有腔调呃（这个人很有腔调的）。”

上海人常说“腔调”，这是个有些难以用言语解释清楚的词语，简简单单两个字把为人处世的品味情调格调高雅都涵盖进去了。程乃珊曾经专门写过一篇名为《腔调》的文章，里面提到“腔调其实是一种品相”，我们常常讲的坐相立相，甚至面相、声相、吃相都是构成腔调的重要部分。

但人们往往关注一个人的言谈外表，对于最后的一个吃相，却蜻蜓点水一带而过。实际上一个人最有“腔调”的，就是在此处。

旁人对上海人多有误解，但凡提到，便是穿着睡衣嚼着油条聊股票的大妈，便是窝窝囊囊躲在家里做饭洗衣做饭炒青菜的男人，便是矫揉造作满口洋泾浜喝着咖啡的女人。

总体而言，小气憋屈不畅快，没有一点儿“腔调”。

我所见却并非如此。

路边支起一个小摊，穿着围裙的阿姨摆好桌椅，笼屉上蒸着包子，锅里是带着焦油色的锅贴，碗里盛着白粥，咸菜分列在小碟子里。顾客交钱坐下，随便聊聊经济，闲碎的琐事，低声细语，不惊扰他人。

或是西洋店里，倒上咖啡，面前摆着还带有余温的面包，煎好的单面蛋，将要匆匆上班的年轻人愉快地交谈，节奏很快，轻快。偶有年岁渐大的中年人独坐椅上，喝一口咖啡，看一眼手里的最新消息，眉头轻蹙，像是在思考什么。

远承过去的青衣长衫与漂洋而来的西方文明相遇，两者相融，却又泾渭分明，端是一副吃饭的好腔调。

人们常将南北相比，如果谈到上海，必提北京。

上海吃饭自有一番腔调，北京自然也不例外，若用一个北方语言来代替腔调，“范儿”这个词比较合适，这是华北平原特有的底蕴与口语幽默，人们总说穿着有范儿，说话有范儿，吃饭也应当是有范儿的。

华北平原人民的吃食向来没有南方来得精细，但却独有一份大气，能让你填饱肚子就决不让你饿着，且食物往往能追根溯源百年以上，凡事街面上所瞧得见的食物，都能给你往上倒腾出点儿历史来源，甭管是贴金还是瞎掰，至少有趣。

北方人吃饭的范儿，便在这种历史的厚重上。

冬，严寒。

哈气儿成雾，吐口吐沫都能冻成冰碴儿，街角那家小店外依然排着长队，虽说天冷难耐，但没人夹塞儿，更没人讲歪理儿，皇城根儿下的老少爷们儿丢不起这个人！

店里的老夫妻忙碌着，老太太照看着小火儿咕嘟的铁锅，老爷子挽起袖子，一手掂勺，一手撒菜，做着煎饼。

但凡客人要求多加其他乱七八糟辅料食材的，老爷子都皱着白眉，拿眼瞧着，那神色好像在说，我祖上几十年都是这么做的，你确定非要坏了规矩？直到客人自己都有些不好意思了，才终于顺下眉眼，笑呵呵包好煎饼，递给客人。

张嘴一咬，满嘴酥脆咸香，味道刚刚好。

老太太忙着添豆腐脑儿，加上油卤，递在手上，或是盛碗小馄饨，撒一把葱花，喜眉笑眼。但保不齐有吃不惯北方口的南方客人，要求来一碗甜豆腐脑。这时候老太太总有些犹疑地从一旁拿出糖碗儿，一小勺轻轻挖出，哆哆嗦嗦地搁在豆腐脑里，等看着客人坐下，还用一种闹不明白的眼光瞧着，似乎在说，这能好吃么？

客人自己招呼自己，咸了淡了吱声就应，递筷子搭把手也都是平常事儿，老顾客帮着收拾桌子更不稀奇。

进门时一声来啦，出门时一声慢走。来是客，走是友。

几百年都是这么过来的，这就是底蕴，这就是范儿。

常有好事者，非要在南北两地间分个高下，好像一者高雅，另一者就必然低俗，一者有底蕴，另一者就必然轻浮。这话说得太不讲究了，北京有煎饼果子，上海有“裹脚布”，实际上也是类似的鸡蛋饼。我的上海朋友来京，吃前者赞不绝口，我们一众北方汉子来到上海，吃后者，那香得差点儿咬着舌头。

腔调和范儿，都挺好。

要我说，非要边喝咖啡边吃大蒜，那特么才叫低俗。

（二）双人餐

有些人吃饭没有腔调，所以得装。

这装的当然不是给自己看的，更不是给阿猫阿狗看的，是给那个坐在对面同食之人瞧的。但这事儿不好办，往往容易玩儿砸了，腔儿不仅没装成，反而被别人当成笑话。

我室友老白给我讲过一事儿，据他自己说是吃饭的时候亲眼所见亲耳所闻，但具体情节是不是用了艺术手法进行夸张渲染，这我就不知道了。

“国家是有政策的嘛，咱们要大力扶持，按照一号文件办，你明白吗？交给小孙去做，他比较机灵，组织上还是比较相信他的能力嘛！”

说这话的是一个三十出头的中年男性，上身着黑色夹袄，下身穿运动长裤，手夹点儿八中南海，脚蹬大标打折运动鞋，雄姿英发，顾盼生辉。说话嗓门儿大，大概是普通人声调的二十倍，有种一脚从己方球门儿射进对方球门的豪迈。

接完电话，这位朝坐在对面的姑娘笑笑，说：“没办法，工作太忙，办公室离不开我调度。”

说话间，从兜里掏出打火机，点着，哗哗大口往里吸，然后又噗噗往外吐，烟圈硕大。

“我这人呐，闲不住，但主要还是被工作拖累，那群兔崽子，我一会儿没盯着，就得掀天！”

话音刚落，马上又是一个电话响起。

“喂，啊，是我，是我，什么？要进海里？那得出入证啊，我帮你想想办法，嗯，这事儿交给我了，我和那谁，挺熟的，就是国家政策研究办公室的那个谁，对，等着吧！”

放下电话，他有些不好意思地对姑娘说：“咱俩这相亲呢，都怪我，破坏气氛了。这有朋友托我帮着办点儿关系，他要进海里！”

“进海里，你知道什么意思吗？不知道？嗨！就是那儿，中南，嗯，那个海，知道了么？”

这位男士讲个不停，坐在他对面的姑娘倒是沉默不语。他一边剥蒜，一边拿筷子挑面条，说这家面做得不错，你多尝尝，下次咱俩再见面，我带你去吃烧烤，那家给的肉串挺大的……

老白说到这儿，我终于有机会打断他了。

我问老白：“你在哪儿遇见的这事儿？”

“马记拉面馆儿啊！就出南门再往东走一百米那家，咱俩去吃过，你不记得了？”

得嘞，故事继续。

那位男士呼呼啦啦一碗面吃完，连汤带水都给喝完了，一抹嘴，打了个饱嗝儿。

对面的姑娘瞧见这样子，笑着说，那今天就到这儿吧，我先走啦。

男士有些意犹未尽地挽留了几句，但姑娘去意已决，还是选择了离开。等她走出门外，这位男士又掏出手机，打起了电话。

“多谢哥几个帮助啊，这次肯定能镇住。对了，下午我还得给王局开车，就不多说了……”

老白从他身边走过，听见了这几句。

等推开门，走出没多远，瞧见姑娘也站着打电话呢。

“快别提了，丫就是一个二逼。”

这腔装的，太失败了。

豪放派的食客偏装婉约派的小嘴，铁板琵琶大江东去的撸串儿大王硬要掰扯成小口浅酌杏花酒的文艺少女，吃个饺子都要变身为英伦绅士，筷子左右手各摆一根，买个烧饼都要拿手绢擦擦手，然后用倍儿浓重的鼻音腔说，多加葱花，please！

这不叫腔调，这叫矫情。

自己不在吃饭，在演戏。别人吃不好饭，在看戏，而且还是三流狗血连续剧，难以下咽的那种。

两个人吃饭，是一种另类的腔调，要像磁铁两极，要像拼接在一起的圆，得凑凑合合自成一派，要一个人看另一个人吃，越看越开心，越看越有食欲，然后自己也吃将起来。

我遇见过这样的一对。

餐馆儿里，俩人对坐，面前摆着份儿烤鲶鱼。姑娘使筷如飞，小伙动嘴如虎，没人藏着也没人掖着。

吃了半晌，姑娘抬头笑着说，我跟你讲，往东那家阿娜尔汗的新疆餐馆大盘鸡做得特别好，鸡肉给得的多，面片厚实咬起来带劲儿。从这儿，往南快到天桥的地方，有一家卖锅盔的，别直接吃，磕嘴，回家淋汁儿，立刻香酥。要是吃腻了，从咱们学校后门出去，再走五十米，有家甜品店，那酸奶……

她顿了顿，有点儿害羞地低着头，轻声说，还有好多，以后我都慢慢告诉你。

多好，吃货和吃货的爱情，这才是双人餐应有的腔调。

（三）独食记

起初我害怕一个人吃饭，要是屋里空落落就剩我一人儿，必定浑身不自在，非得呼朋唤友叫几个人出来一起吃喝才算。

可后来，自己渐走渐远，朋友越来越忙，父母年迈在家，终究还是一个人吃饭了。

也渐渐觉察出独食的好来，三五成群气场互相影响，喝酒闭嘴，那不叫腔调，叫失态。同事职场，勾心斗角你挤兑我我抹黑你，那不叫腔调，叫恶心。

唯有一个人吃饭，那才是真的自己，爱吃什么点什么，想怎么吃就怎么吃。

孤独是最好的佐餐剂，逼格最高。

但现如今人们也难以真正找到一个单独吃饭的环境，有时候非得身陷囹圄，才能体会到所谓独食的腔调。

王洛宾自述监狱生活，那个时候每餐只有一个窝头，他就掰开半个，给其他囚犯吃，借此换取一两首新疆的民歌。等囚犯把窝头吃完，歌也吃完了，王洛宾再一个人躲在角落里，一边轻声哼唱刚学会的歌曲，一边啃着自己的窝头。

这是独食，也是救赎。

高晓松因为酒驾进了号子，他说偶尔会有猫偷偷地顺着窟窿溜进来，自己每天留两个馒头喂它。他在文章里写“我说这只猫肯定是菩萨，你想想它干吗上这儿要饭，这儿有什么吃的，这儿会有鱼吗？会有老鼠吗？只有馒头。但是这只猫每天都来。”

喂着猫，啃着馒头。

这是独食，也是希望。

花总在微博上揭露世界奢侈品协会，因而被“世奢会”反咬，进了看守所。他待在羁押室里，其他人该审就审，该放就放，可独独落下他一人。他最后要求看守把面包和水递了过来，尽管他没有胃口，可是他还是这么做了。

他说“这是独食，这是求生。”

因为工作的原因，我常往返检察院、法院、看守所、监狱。

监狱外零星开着几家小馆子，有时候亲人接了刑满释放的亲人，会在那里吃点东西。

有一次是去监狱交换材料，中途就在馆子里解决午饭，恰好碰到一个刑满释放犯人。当时大概是下午六点的样子，微风，尘土顺着门缝冲进饭店里，带着土腥气。

那人理着平头，一个人坐在桌子前，端端正正的。

面前一份花生米，一瓶牛二，一份火烧，还有几个空的盘子，应该是吃完的凉菜。

他拿筷子夹起一颗花生米，放进嘴里，闭着眼嚼一会儿，像是吃什么珍馐美味，然后喝一口酒。

他的眼睛一直盯着窗外，我猜他应该是在等什么人吧。

可服务员悄悄跟我说，这人都坐了快一小时了，还没等到什么人。

我临走前，帮他把饭钱给结了。

不管他等的人来没来，我总希望能让他觉得，自己并不孤独。

一个人独食，这是最孤独的腔调。

读书谬论

Dushumiulun

大多数人读书，总想得到点儿什么，要不然对不起那花出去的二三十块钱。

我的学问有点儿臭。

这主要和我摄取知识的方式有关系。网络时代，电脑手机，走哪儿都能翻着看看，可这毕竟都是浅阅读。图书馆里，教室课堂，也多是为了生计奔波的专业书籍，食之无味弃之可惜。对于我来说，真正能捧起书本慢慢读一读，有兴趣读一读的，反而是在厕所里。归功于我爸的发明创造，我家马桶旁有一个简易书架。我爸负责的书目是《浪荡女人》《野火春风斗古城》《猎人笔记》；我妈负责的是《饮食男女》《李碧华小说选集》《小团圆》。

至于我自己的书单，不敢列出来让读者见笑。大多是野路子，想哪儿看哪儿，一本街头派送的《健康保健》，我能瞧上半个小时，专找有姑娘插图的章节。

厕所读书，给我带来了俩坏处。

第一个是长时间马步锻炼，下半身气血不畅，走路打飘。

第二个是形成了巴甫洛夫式条件反射。人家巴老先生是利用狗看到食物或者吃东西之前会流口水的现象，在每次投食前都摇铃铛，连续几次后，巴老先生即使不把食物拿出来，只要摇摇铃铛，狗照样流口水。

对我来说，我现在看见书，哪怕不翻，都想去厕所。

如此奇妙的现象，至今也没弄明白是怎么回事儿。

就像我妈希冀从连续剧里获得家庭伦理问题解决办法一样。

大多数人读书，总想得到点儿什么，要不然对不起那花出去的二三十块钱。

初中的时候，坐我前排的姑娘，属于文学少女类型。手边的书都是《瓦尔登湖》《金阁寺》，文艺指数要是和现在豆瓣上读书的姑娘对比，估计能超过她们两百个百分比。这姑娘常穿白衬衣，黑色长发，浅色长裙，班上同学视其为天人。男生轻易不敢找她说话，否则一律被其他人当成叛徒，每人和她聊天时间严格控制在三十秒内，一旦超时，严惩不贷。

不过后来我想一辙，既然不能主动出击，那让姑娘自己送上门不就行了么？

用文艺腔调吸引文学少女，这是一个初中少年智商的极限了。

我开始读穆齐尔的《没有个性的人》。

真的看不进去，老派德语作家（实际上他是奥地利人）写出来的东西总是晦涩难啃，难以理解的人生哲理，无法想像的另一种生活。但对于我来说，这些都不重要，重要的是我可以在自己喜欢的那个文学少女面前大声背诵："这是心灵和经济的联合。能做到这一点的人想品味古老奥地利文化的巴洛克艺术风格魔力，从而给平行行动生出了一个思想。"

令人发指的风骚，逼格直接爆掉现在绝大多数为女朋友念村上春树的儿郎。

我记得自己读出这一段的时候，她的眼睛熠熠生辉，就连我脸上的青春痘她都忽略了。

这已经是快十年前的事情了。

后来我心中暗自憧憬的文艺女神找了个三十二岁的男人，我们在同学聚会上见过，那个男人有肚腩，有金戒，有好车，虽然经常念错字，但依然不妨碍姑娘一脸甜蜜地搂着他的胳膊。一个爱读书的姑娘，爱上一个爱念错字的汉子，我想这一定是真爱。

至于那位姑娘，我最后一次碰到她，是在新华书店，她安安静静地看《孕妇健康》。

这大概是读书的第一重境界。

为了爱情。

高中时候，语文老师讲"少不读水浒，老不读三国。"说是少年人读水浒，容易热血冲动不计后果，老年人读三国，会后悔往日错走的人生，也容易变得老奸巨猾。

但这话对一正处于叛逆期，头发长得能遮住嘴巴，一天不招惹是非就浑身难受的我来说，简直是点亮一盏指路明灯。你不让我干吗，我偏偏就去干。从家里书柜里把《水浒》拿出来，吹掉浮灰，开读！

但我注定不是个好读者，读任何书都是思维发散，正经情节没记住多少，倒是在细枝末节上纠缠不清。我读《水浒》，对宋江杀阎婆惜尤其好奇，老宋用的凶器为什么叫“压衣刀”，为什么叫这名呢，我百思不得其解。为了这个我专门跑到书店里查兵器典籍，但一无所获。后来又去瞧宋朝史籍，但人家并不关注打打杀杀的黑社会分子用什么家伙宰人。直到我扒拉出一本民国年间文化人考究《水浒》的东西，才知道真相是什么。

“压衣刀”就是指佩戴在衣服外的匕首，挂在腰带上，防身用。

但它还有个名字叫“解衣刀”，我一愣，又不明白了。难道说是路上瞧见姑娘漂亮，强行施暴，结果对方不肯，咱们就拿这玩意儿解开人家的衣服？那确实称得上善解人“衣”了。

不过最终还是找到了解释，挺重口味儿的，说古人入厕脱便，一般用不了纸擦，都是拿刀子刮。那惨遭菊花重点照顾的小刀，就叫解衣刀。

以上的答案，我都给前排心仪已久的高中漂亮女同学一一讲述了。从那以后，她再也没理我。后来，她找了一个男朋友，北京人，硕士，码农。切，比老子这法学出身的都烂大街，差评。

最后一次见她，她拿的是《妇女之友》，我偷偷看了一眼，她看的那一章名字是“如何合理避孕”。

这大概是读书的第二重境界。

为了求知。

上了大学以后，无聊课程常拿图书馆里的存货解闷儿。钱钟书先生原来记述自己的大学生活，说学生可以到书库里去看书，左右逢源，辗转相生，可免借还之劳，此中乐趣，不可形容，恐怕只有饥鼠入太仓之乐仿佛似之，我亦有此感。

上课期间，老师监察甚严，电子产品一律禁用。于是人民群众花样不断，拿大的教材课本当盾牌挡住里面的小开本读物。更有心灵手巧的，外面蒙一层书皮，上书“民法总论”，里面的内容却是“那一剑真快，划破了他的喉咙”。

铃声响起，众人神游天外。

在西撒的沙漠里，人们用塑料袋装上浑浊的水，晒在太阳下，这种反光能让那些嗡嗡叫的苍蝇敬而远之。那里的人们用一块长两米的布料遮住脑袋，呼出的湿气浸透在嘴前，免得那些干燥如针的沙子把嘴巴打烂。

在刚果金，一只蚊子叮了人一口，那个人能被毒晕。丛林里的娃娃兵平均年龄只有十二岁，但他们可以在三秒钟内用AK47把三个成年人全突突死。他们当中的许多人会说汉语，因为他们崇拜的对象是李小龙、成龙、李连杰。

李鸿章拜见荷兰女皇的时候，荷兰女皇让他行吻手礼，但老李同志却不通西方礼仪，以为是要找他要礼物，于是把大钻戒塞女皇手里。女皇说了声谢谢，继续伸手，老李以为还在要礼物，结果十分尴尬地站在当场。后来老李同志忿忿地对随从说，这妮儿咋这样呢？比咱们国内的官场还腐败，差评！

无论是西撒，刚果金还是荷兰，我都没去过。无论是蒙面民族，娃娃兵还是百年前的老李同志，我也都不可能见过。

所有的一切，我都是从书本上得知的。这大概是读书最为有趣的地方，七大洲，四大洋，七十多亿人，这就是我们朦朦胧胧了解，却永远又无法真正来了解的世界。

这大概是读书的第三重境界，去了解。

借着作者的文字，瞧瞧不一样的故事，沿着旁人的视线，懂得如何生活。

读书有乐，开卷有益，大概就是如此吧。

侠客行

Xiakexing

这世上最好的功夫片都说明一个道理，最重要的并不是功夫。

这世上最好的武侠故事都只讲一个道理，最关键的并不是武。

（一）心之侠

也曾写过武侠。

上课途中，撕书成纸，以自己为原型，以班上数位美貌女性为模板，要讲小人物成大高手，要写美人们与英雄。然先帝创业未半而中道崩殂，老师眉目清明，动如脱兔，随手收纸，于班上大声朗诵。

老师下课前让我提头来见，在办公室里苦口婆心，恐我沉迷武侠，不顾学业。

你怎么成得了大侠？他笑道。

我诺诺点头，他欣然自得，我知道，在他看来，当全班面念出故事的自己才是大侠，那是义举。

我半年无颜见人，小卒仍是小卒。

也想当个侠客。

高中走读，每日放学乘一路车往返两地。人杂手多，难免有佛爷现身，妙手空空，千手玲珑。亲眼所见，一老贼身着灰色西装，敞口盖住一女士的包，并二指轻拈。旁人有所察觉，本想提醒，老贼狰目瞪视，旁人扭头沉首不言。

我冲上前，说有贼。

他瞪我，我瞪他。

小子，有种走着瞧，他指着鼻子说。

下站到站，他跳下车，乘客拥挤，有人推我一把，感觉腿根生疼，再一摸，裤烂腿破，应是刀伤。

贼不止一个，见到车站下三人鬼影幢幢。

车上乘客异样瞧我，仿佛我才是贼。

回家以后，藏了把短刀在书包里。

到校后与朋友重述贼人与划伤的事情。

他们问我，假若再遇到，你还管吗？

我说那是自然。

他们哈哈大笑，笑到眼角有泪。

我不明白。

我不明白他们在笑什么。

想做英雄，想路见不平拔刀相助，想纵酒放歌，想走黄沙路万里，想看关山月朦胧。

中二少年，难免做梦。

所谓侠客行，原来只是笑话。

我不甘心！

和作家朋友聊天。

聊到武侠，十之八九要说，前人已经写尽了，窠臼无出黄古。假如今人要再写武侠，再写功夫，再写侠客，再写故事，决计不能卖出一册来，他信誓旦旦说。除非笔名取作金庸新或古龙新。

人们看，也是看金庸新作，人们瞧，也是瞧古龙新著。

“这世上，哪儿还有侠客？”

“若真是有，你给我找出来！”

“我倒是想看看，有谁还想做侠客，真是个傻子！”

（二）行之侠

父亲上个世纪80年代曾去南漳下派。

恰逢中秋要给军属问候，提月饼若干，由村里领着，前去各家各户串门子。

中饭时候，团了个大桌子，各家军属出一个代表，大家围成一圈，宾主尽欢。

父亲无意间扭头，一中年高瘦男人半靠在隔壁门口，身着军装，袖管空空。

问乡长，这是谁？

乡长扭头瞅瞅，说道：也是当兵的。

父亲问怎么不请上桌来，乡长啐口浓痰，说道，他是俘虏！

饭后，父亲说要转转。

一个人走到了隔壁那户，男主人姓曹，夫妻二人，膝下无子。

本只是简短聊聊，一个说上瘾，一个听上瘾。

曹本是老兵，越战送往前线，胳膊就丢在那里。

他讲阴山穿插，讲山中毒蛇，讲炮火隆隆，讲士兵们绑在坦克上前进，突遭敌袭来不及躲避，浑身中弹仍举枪射击。

他讲跟随部队潜伏，执行任务，班长被射杀，自己带领继续前进，一战下来，身边弟兄只余三人。

从午后讲到月升。

他讲自己与乡党困在洞里，敌人轰炸不止，但阵地不能丢。乡党对他说，若是我牺牲了，你就投降，我家里还有老母，你活着，回来替我照顾。

前扑之中，两人中炮。

战友炸成粉末。

自己丢了一臂。

交枪投降，成了俘虏。

曹姓男人让妻子上菜斟酒，道：我得活着，他嘱托我要活着，要投降，替他活。可我不是叛徒！

披军衣，坐院中，放声悲哭。

佛说来世苦，还愿做老卒！

侠客否？英雄乎？

见过京城小贩，双腿齐断，双手支地，旁人要施舍，他却摇头。

自己织绣袜子，若要，两元一套。

不求嗟来之食。

见过拳师流落市井，因对门女人一饭之恩，铭记在心。

后女子遭人侮辱，愤而出拳，以武犯禁。

最后自杀，以全国法。

听说过浪里白条似的人物，为救落水者，葬身鱼腹。

亲眼见识过铁胆的好汉。

他本是检察官，因为目睹冤案，愤而上告，却丢了官职。

可他不服，数十年如一日，为破案奔波，遭毒打威胁，只当寻常事。

在律所里接待他，问他到底要什么？

他风尘仆仆，轻声说只要公道。

他们够格称声侠客么？

南京有家住户，因邻居小狗犬吠恼人，竟用汽油点了，将小狗烧死。

恰有另户养犬目睹，声嘶如裂。

于是独坐住户门口。

昼夜不动。

住户心惊胆战，不敢出门。

武汉一老翁，久病榻前，子孙不肖。

家中唯有老犬一只。

老翁病重，老犬爪挠木门，身撞出血。

最后不惜从阳台跳下，以向人求救。

侠狗否？

有时候人不如狗。

曾经写过一则故事。

古寺前，来了一对父子。

结草为庐，扎根求生。

儿子尚年幼，父亲是说书人，行李极少，只有两担书。

迎客僧问，什么书？

说书人答，写的是盖世豪侠，讲的是英雄肝胆。

镇上小孩常来此处，听说书人讲书。

他讲有一大侠飞檐走壁，为追贼人千里独行。

他讲救万民于水火的大侠，眼见河水决堤，自己一人跳入江里，顶起桥梁。

他讲刀是金丝大环刀，剑是闭月羞光剑。

他讲美女爱英雄。

听得孩子们羞红了脸。

有孩子问他，为什么你知道这么多大侠，你认识他们吗？难道你也会武功？

说书人点头笑着说，我是高手。

寺内有年轻的武僧也在听书。

但听了这话，却着恼起来，武僧嚷道：你脚跟虚浮，手臂无力，毫无半点内力，明显只是个读书人，你哪算什么高手！

说书人笑而未答。

武僧却不服，一掌拍去，说书人应声倒地，哎哟连连。

小孩子们一哄而散，叫着，哦哦，原来是个骗子。

武僧也面有得色。

只有儿子赶紧跑过来扶住父亲，他偷偷问，爹，你真不是高手？

说书人忍着痛眨眨眼，说，爹是假装摔倒骗他的。

儿子本已带着泪花的眼，终于有了笑意。

一个风雨夜，说书人去镇里买吃食，却久久未归。

孩子独自坐在家里，慢慢读书，他有些害怕。

于是翻出书来，吃力地读着，读那些高手，读那些英雄。

读那些侠客。

他识字不多，但爹说过，害怕了就读侠客，胆气足。

昏昏沉沉，好像连雷声都不再让人害怕了。

第二天早上，他被门前的知客僧摇醒。

跟着来的，还有不少人，有乡亲，有小孩，还有个穿皂服的人，腰里别着刀。

听知客僧说，那人是捕快。

爹躺在地上，身上盖着白布，身上满是鲜血，头裂开一个口子。

捕快轻声对知客僧说，这说书人昨天晚上在镇里，撞见歹人要对女子行不轨事。他冲上去，与那人搏斗，死了。

孩子哭着喊，不对！

我爹不会死，我爹是个高手，我爹是个侠客！

他模糊着眼，问捕快，杀我爹的是个武林大魔头吗？

捕快愣了愣，回答道：不是，就是喝醉酒的牛二，但那厮有些气力……原来听过书的镇上孩子纷纷叫起来：你爹骗人，他不是高手，他上一次就被打倒了。

当然，你爹是个英雄，他是为了救人……捕快赶紧安慰道。

知客僧突然大喝道。

“不对！”

他踏前一步，搂住孩子，把他的小脸放在自己怀里。

“孩子，杀你爹的人是武林魔头，使的是混铁双枪。”

“你爹瞧见他强抢民女，于是上前搏斗。”

“你爹用的是游龙剑，出鞘有龙吟声。”

“两人用轻功，风雨夜飞檐走壁。”

“那人一枪刺中你爹的头，但你爹不认输，和他换了一剑，刺中魔头心窝。”

“那女子得救了。”

知客僧的胡子上也沾了泪。

他对孩子说。

“你爹是侠客。”

“是大侠。”

“是英雄。”

（三）侠之梦

这世上最好的功夫片都说明一个道理，最重要的并不是功夫。

这世上最好的武侠故事都只讲一个道理，最关键的并不是武。

侠字怎么写？

侠字人间夹。

侠在哪儿？侠就在人群里。

侠如何？他们夹着尾巴做人，他们也会受伤，他们也会流血，他们也会痛苦，他们也失败，他们也难过。

侠之大者，为国为民。

可大者太少，我也做不来。

侠之小者，为人为己。

我写过很多故事，他们总问我，这是真的吗？当然，他们都是真的，他们就是侠之小者，他们就在我们中间，他们为了身边朋友仗义出手，他们为了自己念头通达挺身而出。

这世上侠客都没了吗？

这世上侠客都写尽了吗？

这世上侠客都写够了吗？

尽管答案我早已经知道，可还是要问出口，问问我自己，也问问你。

突然想起来当年做侠客梦的自己。

我这梦还要做下去。

侠客的故事也要继续写下去。

知君怜我忠肝胆，赠此一片荆轲心。

手表

Shoubiao

我们腕上都有一块手表，秒针钟，分针，时针，始终在走。时间总是向前。

曾经追求的，失去的，缅怀的，都随着时间淡化，这大概就是人们能够不断追求幸福和所谓“新”的力量吧。

二十二岁以前，我从没拥有过一块手表。

不好这口。

家里面我爷爷对手表感兴趣，收藏的有德国造机械表。跟我讲过不少原理，手上链机芯，发条陀轮摆动，带动表内发条，推动走时。

只是我从来没有听懂过。

后来老爷子升天了，他那些收藏都归置在一个盒子里。

从前是老头儿上发条。

现在是老太太，盯着指针看，沉默不言。

我爸买过手表。

上世纪七八十年代，一块港产电子表进来都能卖成金价。

他淘过一块。

带着手表，挽起袖子，走大街上。和他一起走的，还有上衣文化衫下身绿军裤的，挽起裤腿，手里提着两提式磁带机，大声放邓丽君的歌。

后来那表被他扔了。

他说是因为坏了。

我猜可能是因为他怕看见那表，想起自己犯傻的青春。

我从没觉得自己需要手表。

高中之前都是两点一线生活，干什么都有人提醒。该上课了，有上课铃，该下课了，有下课铃，只不过老师经常不下课，从这一节课拖到那一节课。

2009年上大学，买了手机。

这才是我想要的，二十世纪九十年代生人，我热爱的是游戏机、电脑、手机，以及打开说明书全是洋文的高科技产品。

这是时代使然，不仅替代了手表的时间功能，更有其他更让我感兴趣的。

解放了手腕，劳累了手指。

大学毕业以后，希望能在北京有更好的出路，于是埋头在出租屋里读书，准备考试。六七个人挤在巴掌大的房间里，和昏黄灯光和污水蟑螂为伴。因为租金便宜。

后来结果不如人意，站在北京冬夜的风里，想了一阵儿，没想明白什么，也没有时间再想，第二天匆匆忙忙再找工作，和自己学的专业毫无关系，东奔西跑，好在光棍一条，一人吃饱，全家不饿，经济学的生活条件性里，至少满足基本生存是做到了。

可惜，除了忙，不知道自己还做了些什么，还能做什么。深更半夜接到老父的短信，说奶奶住院，妈也动了手术，只有他一个人两头跑，两头瞒，怕婆媳都瞎操心。恐怕是他以为我睡了，大事不报又不好，趁着夜深发一条，等看见也是明早了。

都说年轻人瞎矫情，就不能脚踏实地吗？其实是真迷茫，脚陷在泥里，踏不了。

那一阵，总是睡不着觉。躺床上来回折腾。后来实在是怎么姿势都不得劲，干脆坐起身子，看时间。

手机上的数字隔一段时间变一个模样，直到东方发白。

想自己能不能不靠爹娘老子，好好做点儿什么，想自己下一步该怎么办。感觉不到时间流逝的真实。

第二天，带黑眼圈上街，瞧见了钟表店。买了一块卡西欧。说是卡西欧，其实就是地摊货，四十块钱，表带上的针眼还往外冒出两根线头。

晚上睡觉的时候，我把表放枕头旁边，瞧着它走。

北方的夜是很静的，不知道是我的错觉还是这表质量确实太差，恍惚感觉能听见秒针的移动。

真好。

还活着。

然后觉得自己混蛋。

普通人家出来的普通人，不想着一分钟当一小时使，还有空在这儿忧郁，伤春悲秋。

小爷还活着！

去你妈的，睡觉！

后来工作就经常带着手表。

习惯性地的看时间，开始有计划地抓紧时间。

生活开始进入正轨，能去律所实习，后来还能选择更好的单位，自己甚至还有闲暇时间在网上写点儿东西。

是不是靠抓紧时间熬过来的，这个不敢打包票。但手表至少算在深陷泥沼的时候，摆在我面前的一根长绳，绳子那头是什么，我不知道，却还是用力抓住了。

抓住了，就活了。

翻时尚杂志，常常看到手表广告，它成了身份、地位、品味、格调以及财富的象征。对我来说，或许还意味着自己还有过一段惨淡而又奋力向上的生活。

现在我依然习惯睡觉前，手表放枕边。瞧瞧指针走动。

有年轻人留言，说过类似的处境。

还不止一个。

我想，这大概类似于少年时的反叛，青春期时对性的懵懂，现在则是有了一份愿意成事的担当，有担当自然有压力，不稀奇。

当然，自从写文章以后，对我倾述自己故事的，不止是他们。

之前写关于墓葬文化的故事，有读者留了言：父亲六十大寿从瑞士定制了一块有特殊意义的某牌子的手表。他非常喜欢但因病只试戴过一次，我想把手表随葬，手表却不知所踪，后在烧了五七之后找到了。如果随葬了千百年后出土，考古学家不知特殊意义，会研究这手表挂着这牌子是真还是假吧。另，大理石的骨灰盒重到超出想象，刚放入骨灰的骨灰盒会热到微微发烫。

读来触动。

我往往意图让自己所述显得真实，却没想过，其实真实的生活要比自己所写份量重太多。

吐露心中喜怒哀乐，是种解脱。

我也乐做大家的邮箱，尽管这些信息都未能寄发出去，至少在我这里生根发芽。

有人讲述自己和女友长久以来的爱情马拉松。

有人叙述自己的工作不顺。

有人询问前景，快要毕业了，想有个好出路。

平凡人生就平凡。

可平凡人自有不一样的平凡生活。

记得2013年初，有一个姑娘讲述自己陪护病重父亲的经历，寥寥数语，道尽心酸。姑娘态度从容，我想电脑那边的她，或许红了眼睛，却忍住没让泪掉下来。

2014年秋。

她突然发来消息，问我是否还记得她。

我说还记得。

对面沉默一阵，然后说，她父亲走得从容。

我突然发觉，原来已经过去一年了。

每隔一段，我就会去网上看看那些给我讲述故事的人究竟怎么样了。

对于青春的恋情究竟有没有放下？奋力挣扎的生活是否有了起色？当时的海誓山盟，现在还坚持着吗？是不是最后都成了分离的寻常过客？

在时间里，他们都有很多结局。

曾经向我倾诉的人，或多或少都有了改变。

我们腕上都有一块手表，秒针钟，分针，时针，始终在走。

时间总是向前。

曾经追求的，失去的，缅怀的，都随着时间淡化，这大概就是人们能够不断追求幸福和所谓“新”的力量吧。

在一个时时想把你变为另一个人的世界里，做你自己是最大的成就。

想念的，记忆的，忘掉的，敬佩的，超越不了的那些人，都可好？